KB134210

Lettres à Yves

Lettres à Yves

Pierre Bergé

Lettres à Yves

나의 이브 생 로랑에게

Pierre Bergé

피에르 베르제 지음
김유진 옮김

Franz

매디슨 콕스에게 감사를 전하며

차례

일러두기

1 이 책은 Pierre Bergé, *Lettres à Yves*(Editions Gallimard, 2010)를 완역한
   것입니다.
2 본문의 각주는 옮긴이의 것입니다.
3 단행본과 신문, 잡지는 겹낫표(『 』)로, 단편소설과 희곡, 음악, 공연 등
   은 홑낫표(「 」)로, 미술 작품은 화살괄호(〈 〉)로 표시했습니다.
4 외국어와 인·지명은 가급적 국립국어원의 외래어 표기 용례를 따르
   되, 현지 발음과 크게 차이가 나는 경우는 예외로 두었습니다.

내 삶의 증인을 잃었으니,

앞으로 되는대로 살게 될까 걱정입니다.

—소小 플리니우스

우리가 처음 만난 그때, 파리의 아침은 얼마나 맑고 싱그러웠는지. 당신은 인생의 첫 전투를 치르고 있었습니다. 그날 당신이 거머쥔 영광은, 이후로도 줄곧 당신 곁에 머물렀지요. 어떻게 상상이나 할 수 있었을까요? 50년 뒤에 우리가 이곳에서 얼굴을 마주 보고, 내가 당신에게 작별을 고하게 되리라는 것을 말입니다. 지금이 당신에게 말할 수 있는 마지막 순간이겠지요. 곧 당신의 뼛가루는 마라케시 정원에 마련된 묘지에 안장될 테니까요.

나는 당신에게 말을 건넵니다. 듣지도 대답하지도 않는 당신, 이곳에서 내 목소리를 들을 수 없는 유일한 사람인 당신에게.

우리의 첫 만남과 그 이후의 일들이 떠오릅니다. 어떻게 잊을 수 있을까요? 우리가 우리의 여정을 함께하기로 결정했던(하지만 지금 이 순간을 결정한 이는 도대체 누구인지) 그날과 내가 발드그라스 병원 침

상에 몸져누운 당신에게 메종 디오르의 수석 자리에
서 해고되었다는 사실을 알려주었을 때 당신이 보였
던 반응을요. "그렇다면, 우리 함께 회사를 만들자. 경
영은 당신이 맡는 거야." 나는 자금을 모으느라 동분
서주하고 도처에서 출몰하는 암초에 부딪혔지만, 당
신을 위해서라면 더한 위험도 감수할 수 있었지요.
스폰티니가街에서 당신 이름을 건 첫 번째 컬렉션이
열리던 날, 의심과 모색과 불안으로 몇 달을 보내던
당신이 마침내 내비치던 눈물도 나는 기억하고 있습
니다. 다시 한 번 영광의 날개가 당신을 스쳐 갔지요.
그렇게 컬렉션을 치르며 해가 바뀌어갔습니다. 세월
이 얼마나 빠르게 흘렀는지. 그 시간 동안 당신의 컬
렉션은 어떻게 시대를 빚어냈는지. 당신은 수많은 디
자이너 가운데 인생이라는 책의 첫 장을 펼치고, 쓰
고, 스스로 마침표를 찍은 유일한 사람이 되었습니다.
다가올 시대에는 엄격함도, 정밀함도 요구되지 않으
리라는 것을 당신은 알고 있었지요. 그리고 패션사에
길이 남을 퐁피두 센터에서의 피날레를 끝으로, 그토
록 헌신했고 너무도 사랑했던 이 일을 완전히 떠나버
렸습니다.

　　그 결별을 당신은 매 순간 괴로워했습니다. 당

신에겐 여전히 패션에 대한 창조적 열정이 남아 있었지만, 때때로 연인들의 경우에 그러하듯 이별은 예정된 것이었습니다. 사랑을 멈출 수도, 고통을 피할 수도 없었지요. 당신의 가장 가까운 증인으로서 내가 가장 감탄했던 점은 당신의 정직성과 엄격함, 그리고 까다로움이었습니다. 때로는 유행에 집착할 수 있었을 텐데도, 그런 것은 고려조차 하지 않은 채 당신만의 스타일을 고수했지요. 당신이 옳았습니다. 왜냐하면 결국 어느 곳에서나 당신의 스타일을 찾아볼 수 있게 되었으니까요. 패션쇼의 런웨이 위는 아니었을지 몰라도, 세계 곳곳의 거리에서 목격할 수 있었지요. 당신은 여성들과 함께하길 멈추지 않았습니다. 그건 당신이 늘 강력히 소리 높여 주장하던 것이자 가장 자랑스러워하던 부분이기도 했지요. 당신을 계승자로 지목했던 샤넬과 함께(물론 오늘날 단 하나의 이름만이 남아야 한다면 그건 샤넬이 되겠지만) 당신은 20세기의 가장 중요한 디자이너로 남게 될 겁니다. 세기의 앞선 절반에는 샤넬의 이름이, 이후 절반에는 당신의 것이 있겠지요.

당신을 기다리는 기념비의 이름 아래 나는 "프랑스의 디자이너"라고 새기길 바랐습니다. 얼마나 오랫동안 그 수식어로 불려왔는지! 당신은 잔향이 오래도록 울려 퍼질 작품을 만들었습니다. 프랑스인, 그것이 아니고는 도통 다른 존재가 될 수 없었지요. 프랑스적인 것, 롱샤르의 시구 같은 것, 르노트르의 화단, 라벨의 음악 한 구절, 마티스가 그린 한 폭의 그림 같은 것.

파스칼은 자신의 작품을 그 무엇보다 사랑했던 몽테뉴를 비난하지요. 그러나 몽테뉴가 옳았습니다. 당신을 살아 있게 했던 것, 아주 어린 시절부터 시달려온 불안에서 당신을 구해준 것 역시 다름 아닌 당신의 작품이었으니까요. 그렇게 예술가는 오로지 창작을 통해서만 구원과 희망의 이유를 발견합니다.

당신에 대해 이야기할 때 프루스트의 문장을 빌리지 않을 도리가 있을까요? 다른 누구도 아닌 당신의 이야기를 하면서 말이지요.

이 지상의 소금 같은, 매혹적이고도 가련한 신경증 환자들. 우리가 아는 모든 것은 이 불안에 사로잡힌 사람들에게서 나왔습니다. 종교를 세우고 걸작을 만든 것은 바로 이들이지, 다른 사람들이 아닙니다. 세상은 그들에게 빚진 것이 무엇인지, 특히 그들이 세상에게 그 모든 것을 주기 위해 무엇을 감내해야 했는지 알지 못합니다.

이브, 이것이 바로 내가 당신에게 전하고 싶었던 말입니다. 이제 곧 서로 헤어져야 하는데, 나로서는 그 방법을 모르겠군요. 왜냐하면 나는 당신을 떠나지 않을 테니까요(우리는 서로를 떠난 적이 한 번도 없었죠). 비록 더는 아그달 정원 너머로 떨어지는 해를 함께 바라볼 수 없을지라도, 한 폭의 그림, 한 점의 조형물 앞에서 함께 감상을 논할 수 없다는 것을 안다 해도 말입니다. 그래요. 그 모든 것을, 나는 압니다. 그러나 나는 또한 알지요. 당신에게 빚진 것들을 내가 결코 잊지 않을 것임을, 그리고 언젠가 모로코의 종려나무 밑에서 우리가 다시 만나리라는 것도 말입니다. 당신을 보내며, 이브, 당신을 향한 찬탄과 깊은 존경과 나의 사랑을 전합니다.

2008년 12월 25일

너의 장례식 날 생로슈 교회에서 낭독했던 글을 다시금 읽어보았어. 본래 그것은 너에게 보낸 편지였어. 공개적인 것이긴 해도, 편지는 편지였지. 어제와 마찬가지로 오늘도 너는 내 목소리를 듣지 못해. 그런데도 어째서 나는 너에게 글을 쓰고, 여섯 달 전에 시작한 이 대화를 이어가려는 것일까? 모르겠어. 어쨌든, 해볼게.

　　네가 없는 첫 크리스마스다. 우리가 이날을 특별하게 보낸 적은 없었지? 오트 쿠튀르 컬렉션 때문에 늘 파리에서 지냈으니까. 나는 과거엔 우리의 것이었다가 이제는 내것이 되어버린 마라케시의 저택에, 그 안의 모든 것이 우리의 삶을 상기시키고 우리의 내력을 이야기하는 곳에 머물고 있어. 너도 알다시피, 지난 50여 년의 세월이 순조롭게만 흘러간 것은 아니었어. 이제는 기억이 흐릿하군. 1958년에 우리가 무얼 했더라? 그해가 우리의 첫 크리스마스였는데 아무것도 기억나지 않아. 그때 우리는 도핀 광장 앞에 살고 있었지. 크리스마스 며칠 전엔 파리 오페라의 그 유명한 갈라 공연에서 마리아 칼라스의 노래를 들었어. 뇌리에 깊이 남을 만한 공연이었지. 하지만 그해 크리스마스라, 그날에 대해서는 기억나는 것이 없군.

매일 그렇듯이, 내가 널 위해 세운 기념비에 가서 앉아 있었어. 관광객과 방문객들로 인산인해더군. 몇몇은 사진을 찍어댔고. 불편하진 않았어. 그들이 너의 이름을 읽고, 너에 대해 생각하는 것이 좋아. 내가 바라던 바야.

이 편지도, 앞으로 쓸 글들도 네가 읽을 수 없으리라는 사실을 잘 알아. 그러나 상관없이 써볼 생각이야. 결국 혼잣말에 지나지 않게 되더라도 말이지. 이 편지는 온전히 너를 향한 것, 우리의 대화를 이어나가는 방법이자 너에게 말을 거는 나의 방식이니까. 듣지도 답하지도 않을 너에게.

2008년 12월 26일

베토벤 현악 4중주 15번을 들었어. 프라자크 콰르텟의 메스처럼 정확한 연주로 말이지. 이 담뱃갑만큼이나 조그마한 기기 안에 세상의 모든 음악을 넣다니, 정말 놀라워. 아무튼 엄청나게 많은 음악을 말이야. 오늘은 네가 좋아하던 날씨였어. 종일 햇볕이 내리쬐다 해가 지니 한기가 몰려오더군. 오늘 저녁, 네 방을 치우고 그곳에서 지내기로 마음먹었어. 그저께 크리스마스 만찬이 끝나고서, 이 집을 떠나 수리를 마친 마조렐 정원의 아파트로 옮길 생각을 하니 마음이 울적해지더군. 오늘은 특히나 심했고. 그래서 이곳에서 지내기로 마음을 돌렸지. 빌[1]에게 새로 설계해달라고 부탁할 거야. 거창한 작업은 아니지만, 그래도 다시 일거리가 생기면 좋아하겠지. 아이팟 이야기로 돌아가자면, 요즘 난 브람스 6중주를 자주 들어. 생로슈의

---

1   Bill Willis(1937~2009). 미국 테네시 출신의 인테리어디자이너. 북아프리카 장인들의 전통 기법을 재해석한 모던 모로코 스타일의 창시자로 알려져 있다. 이브 생로랑이 묻힌 빌라 오아시스의 디자인을 맡았다.

네 장례식에서 연주되었던 그 곡 말이야.

플로베르의 『서한집』 1부를 다시 읽고 있어. 내가 가장 좋아하는 부분은 조르주 상드를 비롯한 그의 수많은 친구들과 플로베르가 죽은 해에 쓰인 마지막 장이긴 하지만, 그래도 꽤 흥미로워. 크루아세에서 카이로로 그 천재의 갑각^{甲殼}을 옮겨 간 이 남자가 어찌나 경이로운지.

내일은 피에르가 올 거야.

2008년 12월 27일

"나일강은 강철로 만든 듯 고요하다." 플로베르가 쓴
문장을 다시 읽었어. "뉴욕은 깨어 있는 도시다." 셀린
은 말했지. 결정적인 문장들이야. 미안하지만 오늘은
이만 줄일게.

2008년 12월 30일

파리행 비행기 안이야. 탕헤르 위를 지나고 있어. 우리 집도 보일 텐데. 저쯤인가? 이브, 이 여정을 우리는 지난 40여 년 동안 무척이나 자주 함께했지. 이번 마라케시 여행은 즐거우면서도 힘들었어. 좋아하는 것들이 있는 곳이니 행복했지만, 동시에 매 순간 어디서고 네가 떠올라 힘에 부쳤어. 그것도 익숙해지겠지. 네가 더는 마라케시에 가고 싶어 하지 않았다는 거 알아. 하지만 네가 뭘 좋아했지? 도빌도 지겨워했잖아. 너는 거절하고 거부하기만 했지. 모든 게 불평하고 짜증 낼 구실에 불과했어. 네가 허용한 소수의 친구들도 널 힘들어할 정도였으니까. 나는 어땠냐고? 때때로 참을 수 없었던 것은 맞아. 그러나 결국, 아주 오래전에, 나는 모든 것을 용인하고 받아들였어. 왜냐하면 너는 아무것도 할 수가 없었으니까. 사소한 일에도 좌절하거나 불같이 화를 냈잖아. 장식용 마의를 걸친 말 같았던 마지막 25년간, 그 기나긴 시간 동안 너는 현실과 동떨어져 은둔하며 살았지. 너는 그 암흑 같던 시기를 끝내 극복하지 못했어. 매일 얼굴을 보고 살던 사람들 또한 네가 스스로를 부르는 '산송장'이라는 말이 과언이 아님을 알고 있었어. 짐작하기 어려운 공포와 절망, 극도의 히스테리 증상으로 점철된 너의 말년은 끔찍했지.

2008년 12월 31일

한 해가 곧 지나간다. 올해는 너의 죽음으로 기억되겠지. 1년 전 선고된 순간부터 피할 수 없으리라 알고 있었던 너의 죽음. 의사들 말마따나, 평온했던 죽음. 완벽한 죽음. 그러나 완벽한 죽음이라는 게 과연 존재할까? 너는 6월 1일 일요일 밤 11시 10분에 숨을 거뒀어. 너의 방, 너의 침대에서, 틀림없이 네가 원했을 방식으로. 나는 너에게 병에 대해 말하지 않았지. 말한들 좋을 게 뭐가 있었을까? 너는 암 환자들의 삶을 둘러싼 고문과도 같은 치료도 받지 않았어. 그저 호흡을 멈췄고, 두 눈이 크게 열렸어. 내가 내 눈을 감겨주었지. 그게 끝이었어. 울지는 않았어. 나중에, 한참 지나서야 비로소 눈물이 흐르더군. 너는 네가 사랑했던 사람들에 둘러싸여 숨을 거뒀어. 필리프와 내가 언론에 알리자 전화벨이 울리기 시작했어. 나는 너에 대해 말했어. 마치 미리 교육이라도 받은 듯, 해야 할 말을 했지. 무지크²는 그 자리에 없었어. 그 며칠 전부터 가까이 오려 하지 않더라고. 카트린 드뇌 브가 와서 몸을 숙여 너를 안아주었어. 뭉클하더군.

그 후에 나는 마라케시의 우리 집, 빌라 오아시 스의 장미 정원에 너의 뼛가루를 뿌렸어. 마조렐 정 원엔 매디슨이 설계한 기념비를 세웠지. 이건 네가 자랑스러워해도 될 것 같아. 전에도 썼듯이, 그곳에서 시간을 보내고 무언의 애도를 표하며 너를 마음에 담 는 관광객들이 있거든. 내가 너를 피신시킨 거야. 묘 지가 주는 익명의 냉기로부터, 또 몽파르나스 묘지의 사르트르와 뒤마 사이에서 너를 찾을 호기심 어린 눈 들로부터.

---

2 이브 생 로랑이 키우던 개의 이름.

2009년 1월 3일

며칠 동안 편지를 쓰지 못했어. 일이 많았거든. 송년의 밤은 끔찍했다. 작년과 똑같은 테이블에 앉아 네 생각밖에 하질 못했으니까. 하지만 슬픔과 동시에 안온함도 느껴졌지. 죽음이 너를 불안에서 벗어나게 해줬으니 한편으론 잘된 일 아닌가. 파리는 텅 비었고, 우울하고, 비극적이야. 내일 친구들에게 바빌론가의 아파트³를 보여주기로 했어. 우리에겐 최고의 추억과 최악의 기억이 공존하는 곳이지. 우리가 가장 행복했던 곳이자 가장 불행했던 곳, 네가 술과 코카인에 절어 그리스 두상으로 나를 죽일뻔 했던 곳. 끔찍했던 시절이 시작된 곳.

3 파리 7구의 정원이 딸린 아파트로, 1970년 이브 생 로랑과 피에르 베르제가 구입했다. 두 사람은 이곳에 살면서 앤디 워홀, 고야, 몬드리안, 마티스 등 수많은 예술 작품을 수집했다.

2009년 1월 4일

카트린 푸트만[4]이 곧 죽을 것 같아. 기관지염으로 병원엘 갔는데, 세 곳에서 암이 발견되었다는군. 가슴이 무척 아파. 어제 만난 아무개도 폐암으로 투병 중이었는데.

어제 썼듯이 바빌론가에 갔어. 보일러가 망가졌더군. 더럽게 춥더라고. 정원은 앙상했어. 하늘은 지붕에 걸린듯 낮았고. 우울했지.

피에르와 함께 마르틴 헬름헨이라는 젊은 독일 피아니스트의 연주회에 갔었어. 슈베르트 피아노 소나타 가장조와 「악흥의 순간」을 연주했지. 슈베르트는 라두 루푸의 연주가 일품이지만, 그 역시 훌륭하더군.

---

4 Catherine Putman(1949~2009). 아를 출신의 전시 기획자. 2005년 파리에 자신의 이름을 딴 아트 갤러리인 '갤러리 카트린 푸트만'을 열었다.

2009년 1월 6일

방금 전 빌에 대해 안 좋은 소식을 들었어. 뇌출혈이라고 하네. 마라케시의 소생실에 있는데, 위중한 상태인가봐. 모로코에서의 시간들 기억해? 삶이 마치 선물 같았잖아. 나는 네가 그 시절을 늘 기억하기를, 불행의 필요성 따위는 믿지 않기를 얼마나 바랐는지 몰라. 그러나 슬프게도 너는 최악의 상황, 극도의 우울 속을 헤매고 싶어 했지. 그 비뚤어진 환희의 빛과 무익한 계획들, 꼭두각시가 추락하듯 낯선 곳으로 뛰어들던 너의 행동들. 나 역시 그곳에서 너를 쫓고 도우려 했지. 너도 알다시피 책임은 내 몫이었으니까. 내가 저지른 실수들을 부정하려는 건 아니야. 단지 너를 지키려 했을 뿐인데, 아마도 과도했던 거겠지. 나도 모르는 사이에 너를 젖먹이 아이 다루듯 하게 되었고, 너는 약에 의존했던 것처럼 나에게도 의지하게 되었어. 너를 떼어놓았어야 했는데, 그러질 못했어. 그게 우리 삶의 방식이었으니까. 우리의 러브스

토리였지. 처음 각자에게 주어진 역할을 우리는 끝까지 수행했어. 때로는 나 자신이 원망스럽기도 하지만, 이미 늦은 일이야. 네가 그런 방식을 만족스러워했던 것처럼 나 역시 만족했다고 해두자. 여기엔 가해자도 피해자도 없어. 아니면 두 명의 가해자와 두 명의 피해자가 있었다고 하는 게 맞을까? 자, 그동안 늘 외면해온 내 죄를 너에게 자백하는 참이야.

우리가 처음 만난 그 밤, 마리루이즈 부스케가 초대한 클로슈 도르에서의 저녁 식사 자리에서, 나는 이미 그것을 깨닫고 있지 않았을까? 그럴지도 몰라. 내가, 또 네가 느낀 마음의 동요가 떠올라. 늦은 밤 너를 집에 데려다주면서 난 네게 열렬히 키스할 뻔했지. 그 이후로 모든 게 얼마나 빨리 변했는지, 기억나? 우리가 처음 만난 1958년을 되새길 때마다, 나는 지조를 목숨처럼 여기던 나로 하여금 8년 동안 이어온 베르나르[5]와의 관계에 종지부를 찍게 만든 그 불가항력에 대해 자문해보곤 해. 마음의 불가항력 말이야. 그래, 그 모든 게 빠르게 지나가버렸어.

---

5 Bernard Buffet(1928~1999). 프랑스의 화가. 20세에 비평가상을 수상하며 화단의 주목을 받았으며 '구상 회화의 왕자'로 불렸다. 피에르 베르제와 8년간의 연애 끝에 헤어진 뒤, 이듬해 평생의 뮤즈로 남은 에나벨을 만나 결혼했다. 성실한 작품 활동을 이어가다 파킨슨병에 걸려 더는 손을 쓸 수 없게 되자 작업실에서 스스로 목숨을 끊었다.

리허설 중인 극장처럼 내 집은 듬성듬성 비어 있어. 이사업체 인부들이 와서 대부분 가져갔거든. 하지만 걱정 마. 「벚꽃 동산」의 피르스[6]처럼 버림받은 기분은 아니니까.

---

6 안톤 체호프의 희곡 「벚꽃 동산」(1902)에 등장하는 87세의 늙은 하인으로, 평생을 몸담았던 집이 경매에 넘어간 뒤 홀로 남아 죽음을 맞는다.

2009년 1월 7일

어제 쓴 편지를 다시 읽었어. '운명을 맹세하다.' 이상한 표현이지. 마치 낙인이라도 받은 것 같잖아. 실상은 그보다 훨씬 단순한데. 우리는 서로 사랑했고, 서로 다른 두 존재가 함께하려 노력했으며, 놀랍게도 그것이 50년이나 지속되었다는 것. 때때로 카펫 위에서 발이 꼬여 넘어지고, 누군가는 팔 하나가, 누군가는 다리 하나가 부러졌지만, 50년이 지난 후에도 우리는 여전히 그 자리에서 서로를 떠나지 않았지. 아마도 미치광이의 사랑이 이럴 거야. 두 미치광이의 사랑. 너를 떠나려고 노력도 해보고 다른 곳으로 가고 싶은 적도 있었지만, 매번 모든 길이 너에게로 이어졌어. 그건 너도 마찬가지였고. 그러면서도 우리는 늘 질투심에 시달렸지. 이해하기 어려운 관계였어. 그러나 누군들 이해할 수 있으며, 이해할 만한 것이란 또 무엇일까? 나는 회사 때문에 너를 떠나지 못했다고 말하곤 했지만, 그건 사실이 아니야. 내가 너를 떠나지 못했던 건 그게 불가능했기 때문이지. 매디슨[7]을 만나던 시기, 나는 떠날 수 있을 것 같았고 실제로 그럴 뻔했지만 결국 지쳐 떠난 것은 매디슨이었어. 다시 한 번 네가 이긴 거야. 1987년 크리스마스에 도빌에서 내가 매디슨과의 파국에 대해 이야기했던 것 기억나? 그때 너는 관대하게 입을 열었지. "당신이 안쓰러워. 나는 당신을 알잖아. 당신이 얼마나 빠져들었을지 짐작이 가." 난 감동했지. 하지만 고백하자면 그건 나를 절망하게 만드는 너만의 방식이 아니었을까 싶기도 해. 뭐 이젠 상관없지만. 그땐 네가 커튼 뒤에 위스키 잔들을 숨겨두곤 하던 끔찍한 시기였지.

이브, 내가 오래된 기억을 억지로 들춰내서 화난 건 아니지?

---

7 Madison Cox(1958~). 샌프란시스코 출신의 정원 디자이너. 스무 살 때 정원학 공부를 위해 파리로 건너와 이브 생 로랑과 피에르 베르제를 만났다. 이후 첼시 플라워 쇼에서 미국인 최초로 수상하며 이름을 알렸으며, '억만장자의 정원 디자이너'로 불렸다. 이브 생 로랑 박물관과 마라케시 정원의 설계를 맡았고, 2017년 피에르 베르제 사후에 '피에르 베르제-이브 생 로랑 재단'의 대표로 취임했다.

2009년 1월 8일

늦었군. 자러 가야겠어. 나쁜 소식이 하나 있어. 빌이
죽었어. 옛 모로코의 오랜 친구들이 하나둘 떠나가네.
아돌포, 페르난도, 조, 너 그리고 이제는 빌까지. 다음
차례는 누구일까?

2009년 1월 10일

마라케시행 비행기에서 편지를 쓴다. 월요일에 빌을 묻기로 했어. 그 지역에 사는 은퇴한 미국인 목사가 예배를 집전할 거라는군. 빌은 크리스토퍼와 나를 유언 집행인으로 지정했어. 지금은 지브롤터 위를 지나는 중이야. 언젠가 저 바위산 꼭대기에 가보자고 우리끼리 매번 말했지만, 너는 헤라클레스의 과업을 수행하느라 바빴지. 그럼에도 탕헤르로 온 헤라클레스. 우리는 결국 지브롤터 근처에도 가지 못했어. 그렇다고 자책하지는 마. 본래 가장 훌륭한 여행은 아무 데도 가지 않는 것이고, 너는 너의 창조적인 작업을 통해 충분히 여행했으니. 내가 '특별한 여행'이라고 이름 붙인 너의 컬렉션에서 자명하게 볼 수 있었지. 바로 그런 것이 너의 천재성이었어. 한 번도 가본 적 없는 나라에서 영감을 길어 올리는 것. 작년에 라자스탄을 방문했을 때, 나는 네 인도 컬렉션이 얼마나 정확한 것이었는지 새삼 탄복했어. 너는 그 모든 것을 창조했고, 그 모든 것이 옳았지. 오스카 와일드가 한 말 기억해? "터너 이전에, 런던에 안개는 없었다." 그것이 바로 예술가들이 우리에게 세계를 보여주는 방식이지. 그리고 너는 예술가였어.

내가 사랑한 시인 마로의 삶을 지배했던 4행시를 여기에 적어본다.

봄도 나의 아름다운 여름도
창문으로 도망가버렸네.
더는 이전으로 돌아갈 수 없으니,
겨울의 냉기가 몸을 파고드네.

아무래도 빌을 묻으러 가느라 나도 나의 겨울에 대해 생각하게 되었나 봐. 내 생각이 어떻든 겨울은 그곳에서 문을 두드리고 있지. 나는 귀먹은 척 문을 열어주지 않고. 그러다 어느 날, 그것이 문을 부수어버리는 거야. 너는 나라면 사방을 수리해가며 그조차도 막아낼 수 있으리라 생각하겠지. 하지만 그래봐야 운명을 뒤죽박죽 만들기밖에 더 하겠어?

2009년 1월 11일

밤새 앓았어. 빌의 장례식에 다녀왔거든. 더는 아무것
도 못 쓰겠다.

어제, 마라케시의 장례식장에서 비행기를 타기 위해 자리를 뜨려는 참에 카트린 푸트만의 부고를 들었어. 3주 전에 샤를로트의 집에서 함께 저녁을 먹었는데 말이야. 그날, 카트린은 갑자기 암 환자가 되었는데도 여전히 아름다웠어. 한 주 사이에 빌과 카트린을 모두 잃다니 너무 가혹하지 않나. 빌의 장례는 훌륭했어. 미국인 목사인줄 알았는데 가톨릭 신부더라고. 입관식에 앉아 있는데, 크리스토퍼가 아는 얼굴도 죽고 나면 전혀 알아보질 못하겠다는 얘기를 하더군. 관 속 베개에 머리를 누인 빌의 얼굴은 엄청나게 커다랬어. 생전의 민첩함이라곤 찾아볼 수 없었지. 너도 그랬는데. 피에르가 그때 네 모습을 한 장 찍었어. 아름다웠지만, 한편으로는 마치 다른 사람 같더라. 아마 염습하는 사람들이 고인의 생전 모습을 알지 못하기 때문이 아닐까. 사실 얼굴 자체는 전혀 변함이 없는데 말이야. 종종 그 사진을 봐. 눈을 감은 네 얼굴에서 매력이 사라진 건 사실이야. 퉁퉁 부어 있으니까. 그래도 놀랄 만큼 여유로워 보이긴 해. 너만 그런 것은 아니겠지만, 안경이 없으니 타인 같아. 시신에도 안경을 씌워야 하는 걸까?

이번 경매에 온통 시간을 뺏기고 있어. 끝없이 같은 질문에 답변을 하고 있지. 소장품을 어떻게 모은 것인지, 우리가 소장한 첫 작품은 무엇인지, 왜 이 경매를 하려는 것인지, 네가 가장 좋아했던 미술품은 무엇이었으며 나는 또 어떤지에 대해 줄곧 같은 대답을 반복해. 우리에게 수집의 원동력은 예술 그 자체가 아니라 섹슈얼리티였다는 사실을 기자들이든 누구든 모든 사람들이 알았더라면! 섹슈얼리티 때문에, 그 성애적 발명품 속으로 내가 너를 밀어 넣고 고통을 치르게 했다는 것을, 우리의 사랑과 우리의 회사, 소장품들, 그리고 우리의 삶까지, 모든 것이 그 안에서 존재했다는 것을 말이야. 우리 둘 다 베르나르댕 드 생피에르보다는 사드 후작에 더 가까울거야. 우리의 만남을 지배한 것도, 필요에 따라 우리를 화해시킨 것도 역시나 섹슈얼리티였으니까. 자주 그때를 추억하며, 우리는 끝까지 함께할 수 있었지.

2009년 1월 16일

이번 주 일요일, 그러니까 모레, 바빌론가의 아파트를 완전히 떠날 거야. 짐은 이미 모두 뺀 상태고. 빈 집을 다시 찾는다는 것이 그닥 유쾌한 일은 아니군. 꼭 발가벗은 기분이야. 너도 알다시피, 그곳엔 늘 뭐가 너무 많았잖아. 미술품과 오브제들로 가득했지. 이토록 많이 소유할 필요가 있었을까? 편집증이거나, 혹은 모든 예술품을 수집하려는 일종의 병은 아니었을까? 700점이 넘는데 혹시 제대로 세어본 적 있어? 너는 네가 속속들이 관장하는 알리바바의 동굴을 원했잖아. 어느 날 이 집에서 놀라워하며, 아니 놀란 척 묻기도 했지. "당신 어떻게 이렇게 많은 작품을 모았어?" 네가 자만심에 차 들떠 있다는 걸 알았지만 나는 딱히 응수하지 않았어. 무엇이 되었건 난 너를 비난할 자격이 없었지. 이 모든 것을 수집하도록 돕고 독려했던 것이 바로 나였으니까. 나는 너의 신경증에 크게 일조했고, 그 결과가 바로 이 아파트였어. 어떤 때는 편집증 환자 같기도 했고, 어떤 때는 폐소공포증 환자 같았지만, 서로에게 우리는 엄연한 수집가였지. 이따금씩, 경매를 마치고 나면 그 병이 낫지 않을까 자문해보곤 해. 우리는 사촌 퐁스[8]보다는 공쿠르 형제[9]나 노아유 가문[10]에 가까운 수집가들이었지. 노아유 가문의 경우 막판엔 조잡한 초현실주의 그림들을 수집하긴 했지만 말이야. 너는 스스로가 일에 있어 매우 높은 경지에 도달했다는 사실을 알고 있었어. 디오르, 샤넬, 발렌시아가가 너의 좌표 안에 있었고, 네가 그들의 기록을 경신했지. 다음 세대의 디자이너들은 엄청난 도약을 이루어낼 거야. 진심으로 응원하고 싶어. 그 마음이, 바로 우리가 작품들을 수집한 이유이기도 했으니까.

바빌론가는 비워질 거야. 우리가 처음 발견한 그때로 돌아가겠지. 7월, 햇살이 정원수 나뭇잎 사이로 쏟아지던 때. 아름다운 집이었지만 우리에겐 돈이

---

8 *Le Cousin Pons*(1847). 오노레 드 발자크가 쓴 '인간희극' 시리즈의 마지막 작품. 가난한 음악가 퐁스가 사경을 헤매자, 그가 평생 모은 골동품과 미술품들이 고가의 가치를 지녔다는 사실을 뒤늦게 알게 된 주변인들이 이를 약탈한다는 내용이다.

9 Les frères Goncourt. 에드몽 드 공쿠르(1822~1896)와 쥘 드 공쿠르(1830~1870) 형제를 가리킨다. 형제 모두 문학과 미술에 열정을 기울였으며, 모든 작품을 공동 집필한 것으로 유명하다. 사후 그들의 유산과 유언으로 '공쿠르 아카데미'가 창립되었다.

10 프랑스의 유서 깊은 귀족 가문으로, 특히 마리로르 드 노아유 부인은 미술품 수집가이자 후원가로 유명하다. 주로 입체파와 초현실주의 작품을 수집하고 후원했다.

없었지. 그러나 우리는 서로를 사랑했고, 운명은 우리를 기다려주었어. 그것이 우리의 가장 값진 노자였음을 기억해줘.

2009년 1월 17일

어젠 네가 업계에서 도달한 높은 경지에 대해 이야기했지. 사실 나는 늘 이 일이 너의 수준에 못 미친다고, 빠르게 변하는 업계의 성향에 네가 고통 받고 있다고, 너는 그보다 가치 있는 사람이라고 생각했어. 너는 패션을 창조하는 아티스트의 역할을 수행해야 하면서도, 늘상 패션은 예술이 아니라는 사실을 인지하고 있었어. 그랬기에 지독한 엄격함을 스스로에게 강요했지. 너는 한 명의 온전한 예술가여야 했어. 그런데 너에게 그런 재능이 있었을까? 나 자신과 너에게 던진 이 질문이 너를 온통 사로잡았다는 거 알아. 그러나 이브, 너의 안목은 결코 흐려진 적도, 오류를 범한 적도 없지. 나는 네 곁에서 완전함에 대한 엄격한 규칙을 배웠어. 그리고 잊지 않았지. 그것이 내가 너와 나 자신에게 충실함을 다하는 방식이었어. 그 무엇에도 타협한 적 없다는 사실이 뿌듯해. 그것은 너도 마찬가지였지. 너 역시 결코 타협한 적 없었으니까. 회사를 설립한 첫해 기억나? 때로는 너의 요구가 너무나 집요해서 도저히 받아들여지지 못할 것 같았잖아. 몇몇은 뒤늦게야 네가 옳았다는 것을 깨닫곤 했지.

2009년 1월 23일

별장 테오[11]에서 밤을 보냈어. 내일 카트린의 뼛가루가 아를의 묘지에 안장될 거야. 그곳에 가족 지하 묘소가 있는데, 이미 카트린의 남편과 브람 판펠더[12]가 그곳에 묻혀 있다더군. 그가 어디에 묻혀 있는지 몰랐는데, 그곳으로 피난했던 모양이야. 이곳은 안개와 비, 바람이 버무려진 노르망디 같은 날씨다. 빌라 오아시스에 너의 뼛가루를 뿌릴 때는 날씨가 무척 좋았지. 몇몇은 옷을 전원풍으로 갈아입으려고 했을 정도니까. 다른 이야기지만, 나는 요즘 자주 탕헤르를 떠올려. 네가 나와 함께 탕헤르에서 찾아낸 집을 구입해야 할지 망설이고 있을 때 내가 했던 말 기억해? 당연히 기억하고 있겠지. 그때 내가 그랬잖아. "이브, 너는 지중해의 오랑에서 태어났고, 나는 대서양의 올

---

11 생레미드프로방스에 위치한 피에르 베르제 소유의 별장. 피에르 베르제는 2017년 이곳에서 숨을 거뒀다.

12 Bram Van Velde(1895~1981). 네덜란드 출신의 추상화가. 1925년 파리로 와 작품 활동을 이어가다가 프랑스 남부 그리모에서 사망했다. 멘토이자 친구였던 자크 푸트만과 나란히 묻혔다.

레옹섬에서 태어났지. 탕헤르는 지중해와 대서양이 만나는 곳에 있어." 너의 결정이었는지는 기억나지 않지만, 어쨌든 우리는 그 집을 구입했어. 내가 탕헤르를 사랑한 것도, 그곳에 자주 머문 것도, 모두 그 때문이었지. 나는 한 번도 오랑에 간 적이 없었고, 너도 돌아가지 않았어. 내 고향에도 발을 디디지 않았고. 우리는 알제리에 대해 자주 이야기하지도 않았지. 나는 알제리에 대한 내 견해가 너를 마음 아프게 하리라는 걸 알았기에 되도록 언급을 피하려 했어. 너는 식민지 개척자의 후손이고, 나는 극렬한 반식민지주의자였으니까. 『르 피가로』와의 인터뷰에서, 넌 오랑에서 동성애자는 살인자나 진배없다고 했었지. 네가 아랍 소년들과 사랑을 나누었다는 걸 네 부모님이 상상이나 할 수 있었을지 모르겠군. 자신들이 업신여겼던 아랍인들과 그들에게 몸을 내주었던 너를 말이야.

2009년 1월 30일

마음만큼 자주 쓰기가 쉽지 않네. 경매가 시간을 갉아먹고 있거든. 매일 몇 번씩 인터뷰를 하지만 여전히 밀려 있어. 네가 있었다면 이 경매에 동의했을까? 물론 동의할 리가 없겠지. 내 집에 있는 것들이야 그리워하지 않을 테니 팔았을지도 모르겠지만, 바빌론가의 것들과는 헤어질 수 없었을 거야. 그게 우리의 차이점이었지. 너는 물건에 집착했고, 나는 사람에게만 관심을 보였어. 너는 간직하려 했고, 나는 나누고 싶어 했지. 재단[13]은 네 관심 밖이었어. 네가 일을 관둔 뒤 재단이 네 작품을 소장했을 때, 니는 그 분리마저도 실패로 받아들였어. 네 집에서 너에 관한 전시회가 열렸을 때조차도 미진한 반응만을 보였지. 재단을 설립할 때 그러한 네 마음을 알고 있었지만, 내 사랑과 너에 대한 존경심이 나에게는 더 중요했고. 퐁

---

13 2002년 1월 7일 이브 생 로랑은 패션계 은퇴를 선언하고, 같은 해 피에르 베르제와 함께 30여년간 오트 쿠튀르 작업을 이어온 건물에 '피에르 베르제-이브 생 로랑 재단'을 설립했다.

피두 센터에서 고별 패션쇼가 열렸던 그날 넌 모든 것을 잃었지. 무대 위의 작품을 바라보며 안녕을 고한 거야. 마치 단두대에 오르는 사람처럼 런웨이에 오르던 너의 모습이 기억나. 사람들이 환호하고 더 크게 브라보를 외칠수록, 너의 고통은 길어졌고 비탄의 그림자도 짙어졌지. 너는 일을 위해서만 살았어. 예전에, 네가 개화하듯 터져 나오는 박수를 받으러 런웨이로 나설 땐 행복이 눈에 보이는 듯했지. 고별 전 때의 너는 이 갈채가 마지막이라는 것을, 영광의 날개가 너를 스치는 일은 다시 없으리라는 사실을 알고 있었어. 너는 이제 그늘에 숨어 살아야 했지. 태양만을 사랑했던 네가 너 자신의 생을 과거형으로 만들어야 했어. 상처 입은 가련한 사자, 샤넬과 같았던 너의 별자리가 주인을 저버린 거야.

2009년 2월 1일

춥고 흐린 일요일이야. 20일 뒤면 그랑 팔레에 우리
의 컬렉션이 전시돼. 수많은 사람들이 보러 오겠지.
그러나 내게 그 작품들은 더 이상 아무런 의미가 없
어. 우리가 점심을 먹곤 했던 장소에 놓인 브랑쿠시
의 조각상도, 네가 커피를 마시던 의자 위쪽에 걸려
있던 마티스의 콜라주도. 내 침대 머리맡에 둔 프랑
크의 병풍, 그 작품이 암시하는 바를 너는 누구보다
잘 알았지. 그러니 이제 내가 공쿠르의 말마따나 "무
심히 지나치는 사람의 무지한 시선"[14]을 우리의 컬렉
션 앞에 던질 차례라는 것도 이해할 수 있을 거야. 너
없이는 모든 것이 의미 없어. 이런 결정을 내리게 되
어 기쁘다. 지난 편지에서 네가 살아 있었다면 이 경

[14] "내가 원하는 것은 나의 데생들과 판화들, 골동품과 책들, 그러니까 내 인생의
축복이었던 예술품들이 박물관이라는 차디찬 무덤에서, 무심히 지나치는 사람의 무
지한 시선(le regard bête du passant indifférent)의 대상이 되지 않는 것이다. 그것들
이 경매인의 망치질에 모두 흩어져, 한 점 한 점 손에 넣었을 때 내가 느꼈던 기쁨
이, 각각의 예술품으로서 내 취향의 계승자에게 되돌려지기를 바란다." Dominique
Pety, *Les Goncourt et la collection: de l'objet d'art à l'art d'écrire*, p. 128, Droz, 2003.

매를 하지 않았으리라는 얘길 했지. 너는 이집트인들처럼 보물들 사이에 스스로를 가두었을 거야. 그리고 너의 개(아누비스와는 전혀 닮지 않았지만)가 네 곁에서, 거미줄 쳐진 그림들과 흐릿한 거울들 사이에서 너의 죽음을 지켜봤겠지. 이것이 아마도 네가 할 수만 있다면 바라 마지않는 죽음이었을 거야. 너의 오만한 고독과 다르지 않은, 모든 것을 가지고 가려는 그 의지와도 다르지 않은 죽음. 신비함은 온전하게 남았겠지. 그러나 내 결정이 그 신비의 베일을 걷어냈어. 우리의 삶은 전시되고 팔려나갈 거야. 돈에 관심을 두지 않고, 돈을 좇는 이들을 경멸하던, '훈장보다 명예를'이라는 노아유 가문의 좌우명을 빌렸던 우리는 이제 부도 훈장도 내려놓게 되었어. 그러나 너는 진실을 알지. 종종 함께 이것에 대해 이야기했으니까. 이 돈과 권세를 우리가 바랐던 적은 한 번도 없었어. 우리가 수집하던 예술 작품들이 그랬듯이, 그것들은 단지 우리의 길에 놓여 있을 뿐이었잖아. 너는 예술가이고 나는 무정부주의자이지만, 사람들은 우리를, 특히 나를 사업가로 결론지을 뿐이야. 아, 그들이 진실을 알았더라면!

이상한 꿈을 꾸었어. 어디였는지는 정확히 모르겠는
데, 아마 마라케시였던 것 같아. 너는 우리가 페르난
도에게 집을 팔 때 벽에 붙은 석상을 다르 엘한치[15]에
그냥 남겨두었던 것 때문에 나에게 화를 내고 있었
어. "모리스 도안이 그랬잖아. 우리한테 이 조각상은
행운을 부르는 아주 귀한 상징이니까 꼭 간직하고 있
어야 한다고. 저걸 포기하면서부터 우리의 불행이 시
작 된거야. 다 당신 탓이야." 그렇게 습관적인 악의를
드러내며 너 자신에게 닥친 불행에 대해 구구절절 늘
어놓았지. 술, 마약, 우리를 이별의 위기로 몰아넣었
던 자크 드 바셰 등등. 이젠 다 기억나지도 않는군. 그
러다가 잠에서 깨어났어. 넌 언제나 모든 것을 남 탓
으로 돌렸어. 네가 진실을 대면하기를 얼마나 바랐는
지! 하지만 너에겐 그럴 능력이 없었어. 진실을 마주

---

15 Dar el-Hanch. 피에르 베르제와 이브 생 로랑이 회교도 지역인 모로코 메디나
에서 구입한 작은 집. 아랍어로 '뱀의 집'을 뜻한다.

하기는커녕 현실에서 벗어나 환각의 세계로 도피하기에 급급했지. 누군가는 '경이'라 수식하겠지만 정작 너는 순교자가 되고 마는 그런 세계로 말이야. 그래, 이브, 네가 신비의 돌이라 부르던 석상은 여전히 다르 엘한치의 벽에 붙어 있어. 그러나 나는 그것 때문에 너에게, 그리고 우리에게 불행이 덮쳤다고 생각하지 않아. 네가 그 불행을 진심으로 원했고, 깊게 빠져들었을 뿐이지. 이제 나는 누구도 원망하지 않아. 심지어 눈 감고도 쓸 수 있는 이름, 자크 드 바셰도 예외는 아니야. 아주 오래 전, 그가 너를 결코 돌이킬 수 없는 나락으로 떨어뜨릴 거라며 내가 날을 세웠던 건 사실이지만, 모두 네가 원한 것이었음을 이제는 알아. 그 사실을 받아들이기까지 오랜 시간이 걸렸어. 어느 날 문득, 네 내면의 가장 지독한 욕망은 자기 파괴라는 사실을 깨닫게 되었지. 내가 너와 너무나 균형을 이루고 있었기에, 사람들이 말하듯이 완벽한 평행을 이루고 있었기에 너를 구하는 데 실패한 거야. 자크 드 바셰는 구실에 불과했지. 네가 기회를 엿보고 있던 시기에 때마침 나타났을 뿐이야. 얼마전 K가 전화를 걸어 와서 네가 자크 드 바셰 앞으로 보낸 편지를 갖고 있다고 하더라. 내용이 얼마나 저속하고 노골적이고 성적 학대로 가득 차 있는지 기절초풍했다는 거야. 그 편지를 불태웠어야 옳았지만 결국 협박용으로 갖고 있었다더군. 그에게 마음대로 하라고 했어. 네가 사랑에 빠졌을 땐 무슨 말이든 써 갈기려는 광증이 도진다는 사실을 알고 있었으니까. 너는 말했지. "F에게 구역질 나는 편지를 보냈어. (…) 언젠가는 그것들을 다 회수해야 할 거라고 당신이 말했었는데." F는 제비족이었어. 그리고 나는 편지를 한 통도 회수하지 않았고. 때때로 그 맹목성이 너를 최악의 길로 이끌곤 했지. 다시 자크 드 바셰 이야기로 돌아가자면, 겉만 그럴싸할 뿐 내용은 엉망진창인, 어쭙잖은 오페레타에나 등장할 법한 그런 호색한과 네가 어떻게 사랑에 빠질 수 있었는지 난 정말이지 이해가 가질 않아.

네가 마지막 치료를 받던 시기가 떠올라. 어느 기자의 질문에 답하며 넌 뒤라스의 문장을 인용했지. "잘 알아두세요. 저는 술을 마시지 않는 알코올중독자랍니다." 정말 그랬어야 했는데. 그러지 못해서, 너의 흐릿하고 슬픔에 찬 눈은 이전으로 돌아올 수 없었지. 우리가 만난 첫해, 그토록 쾌활하고 너무나 짓궂었던 너의 눈빛, 그 축복 같은 나날들로는.

편지를 쓴 지 열흘이나 지났군. 지난 열흘에 대해 구구절절 늘어놓지는 않을게. 경매가 그야말로 나를 삼켜버렸어. 물에 잠긴 꼴로, 아무리 노력해도 수면 밖으로 머리조차 꺼내놓을 수 없겠더라고. 너라면 왜 경매를 하지 않았을지 그제야 이해가 됐지. 무엇보다 너는 이 일에 부수적으로 따라오는 것들, 하루 10여 건에 이르는 전 세계 라디오나 텔레비전과의 인터뷰들을 원하지 않았을 것이고, 결과적으로 할 수도 없었을 테니까. 그 과정에서 내가 조금의 자만심도 느끼지 않았다고 한다면 믿겠어? 물론 우리의 소장품들을 세상에 내보인다는 건 행복한 일이지. 너와 내가 엄격히 선정한 것들이고, 우리를 규정하는 절대적인 까다로움을 세상에 보여주는 일이니 말이야. 하지만 그 모든 것들이, 너도 알다시피 우리에겐 자연스러운 일상이기도 했지. 집에 들어왔을 때 피카소나 마티스의 작품이 보인다고 놀란 적은 없잖아. 경매에 내놓은 733점의 작품이 실린 카탈로그를 볼 때면 현기증이 나. 미치광이의 소장품이 아닌가 싶어서. 정확히는 두 미치광이의 것들이겠지. 사실 작품 대부분을 사들인 책임은 나한테 있는데, 도대체 그 많은 오브제와 그림을 모을 시간을 어떻게 낸 건지 나 자신조차 의문스러울 정도야. 한편으론 우리가 취향을 두고 서로 맞선 적이 전혀 없었다는 것이 놀랍기도 하고. 사실은, 서로에게 건넨 가장 큰 사랑의 증거가 바로 이 컬렉션과 집이 아닐까. 그리 오래되지 않은 언젠가 너는 말했지. "사람들은 노아유가※의 안목에 대해 말하듯 베르제의 심미안에 대해서도 이야기하게 될 거야." 나는 무척 놀랐어. 사실 너는 좀처럼 칭찬하는 법이 없는 데다 보통은 주인공을 자처하길 좋아했으니까. 가장 자주 그 자리를 내어준 사람이 나였고 말이야. 그런 식으로 우리는 시작부터 자연스럽게 서로의 일을 분담했지. 너와 나는 각자의 역할을 늘 잘 알고 있었어.

그래, 두 미치광이의 작품! 전 세계의 신문들이 이 경매에 대해 이야기하고 있어. 호텔에는 더 이상 빈방이 없고, 르 부르제 공항편 비행기는 만석이야. 사람들은 이 경매를 '세기의 경매'라 불러. 솔직히 말하자면, 이 모든 게 즐겁긴 하지만 기뻐 날뛸 정도는 아니야. 세기의 경매건 뭐건, 우리가 그토록 사랑했던 그 모든 작품들이 이제 새로운 삶을 맞이하게 될 테니까. 내 나이쯤 되면 이제 가벼워질 줄 알아야겠지. 너는 천재였고, 나는 너와 함께하는 방법을 알았어. 우리가 함께 모아온 이 소장품들 덕분에 나는, 랭보식으로 표현하자면 '불을 훔친 사람들' 곁에 머물 수 있었지. 그거 알아? 네가 이 창조라는 범죄행위에 나를 끌어들인 것에 대해서는 아무리 고마움을 표해도 충분치 않으리라는 걸. 50년 동안 나는 경계하고 주의를 기울이면서 네 곁에 있었어. 만약 나를 만나지 않았더라면 너의 삶과 작품도 지금 같지는 않았겠지. 그러나 가장 중요한 것은 바로 재능, 누구에게서도 부여받지 않은, 오직 너만의 재능이야.

오늘은 일요일이다. 날이 추워. 너에게 글을 쓰는 지금 다른 사람들은 전시회와 경매 준비로 그랑 팔레에 가 있어. 경매가 그랑 팔레에서 열릴 거라고 말했던가? 네 작업에 관한 전시회도 같은 시기에 열리길 얼마나 바랐는지 몰라. 그럼 내가 가장 자랑스러워 하는 그것, '돈은 어디에서 와서 어디로 가는가'라는 말로 요약할 수 있을 만한 모습을 보여줄 수 있었을 텐데. 그 전시는 내년 3월 프티 팔레에서 열릴 예정이야. 300여 벌의 작품들이 전시될 거야. 몬트리올과 샌프란시스코의 관람객들이 얼마나 열광적이었는지 봤다면 너도 분명 기뻐했겠지. 나는 그 현장에 있었어. 네가 그 옷들을 창조하는 과정을 보았고, 나 홀로 그 피날레를 목도했어. 컬렉션을 준비하는 과정이 얼마나 힘들었는지 넌 수도 없이 이야기했지. 그렇지만 마지막 순간, 쇼에 참석한 이들이 동시에 일어나 갈채를 보낼 때 느꼈던 행복만 기억했으면 해. 애석하게도 그때의 기쁨, 그 한순간의 기쁨은 빠르게 사그라지고 이내 슬픔이 그 자리를 채웠지만. 오늘은 일요일이다. 닷새 후면 경매가 열릴 거야.

2009년 2월 28일

마라케시에 와 있어. 거의 보름이나 편지를 쓰지 못했군. 밀린 이야기를 해야겠지. 모든 게 내 상상을 훌쩍 뛰어넘었어. 그랑 팔레 전체가 우리 컬렉션으로 뒤덮혔거든. 앨리스 스프링스가 찍은, 폭이 10미터나 되는 우리 사진이 입구 위에 걸렸어. 모든 게 얼마나 거대했는지. 너의 과대망상에 버금가는 수준이었다고 감히 표현해도 될까? 네가 오랑의 어린 시절부터 꿈꿔왔던 '샹젤리제 거리에 내걸린 빛나는 이름'. 네 이름이 그처럼 수많은 빛으로 반짝였어. 나탈리 크리니에르의 연출도 감탄스러웠어. 상상이 가? 733점의 회화 작품, 조각상, 가구, 오브제들이 바빌론가의 리모델링한 우리 아파트에 전시된 모습 말이야. 네 시간이 넘도록 줄을 서면서도 불평 한마디 하는 이가 없었어. 감탄한 한 여성은 더 기다릴 수도 있었다고 말하더군. 행렬은 자정까지, 나흘 내내 이어졌어. 밤 늦은 시간까지 방마다 인파로 가득 차는 바람에 관람객들이 제자리에서 오도 가도 못하는가 하면, 휩쓸리듯 떠밀려 들어가기도 했어. 그 모든 것이 얼마나 감동적이었는지. 방은 모두 열두 개였어. 거실과 부엌도 전시실로 꾸며졌고, 라란의 조각품[16]도 아주 큰 규모로 재건되었지. 나로서는 몇 주에 걸쳐 진행되었으면 싶었지만, 그건 불가능했어. 신문, 라디오, 텔레비전 할 것 없이 모두 전시 이야기만 하더군. 네가 있었다면 얼마나 좋았을지. 필리프가 내 곁을 지켰어. 너와 함께 일할 때만큼 철두철미하더라. 그가 정말 좋아. 아파트도 이젠 경매에 넘어갔어. 금액은 말하지 않을게. 넌 한 번도 돈에 대해 알고 싶어 한 적이 없으니까. 단지 우리가 모든 분야의 기록을 갈아치웠다는 것, 그리고 그러한 사실이야말로 우리가 서로를 기만하지 않았음을 방증한다는 것만은 말하고 싶어. 네가 바랐던 대로 고아의 직품은 루브르 박물관에, 에드워드 번존스의 타피스리는 오르세 미술관에 기증했어. 키리코의 〈유령〉은 퐁피두에 들어가도록 손을 썼고. 아, 그리고 마티스의 〈뻐꾸기들〉[17]과 아일린 그레이

---

16 1969년, 이브 생 로랑은 조각가 클로드 라란(Claude Lalanne)과 함께 청동으로 된 가슴과 허리가 달린 드레스를 만들었다.

17 앙리 마티스의 1911년작 〈뻐꾸기들, 푸른색과 장미빛 카펫(Les coucous, tapis bleu et rose)〉을 말한다. 해당 경매 최고가인 3200만 유로에 낙찰되었다.

의 안락의자[18]는 최고가를 경신했어. 이번 경매로 나는 큰 행복을 느낀 동시에 수많은 추억을 상기할 수 있었어. 예컨대 보나파르트가의 아파트에 둔 장 뒤낭의 두 화병 사이에 〈세누포족의 새〉를 놓은 너의 안목을 떠올렸지. 그 조각상은 경매에 내놓지 않았어. 대신 보나파르트가의 거실에 두려고 해. 우리가 처음으로 구매한 작품이잖아. 샤를 라통 갤러리에서였지. 보방의 아파트에서 찍은 사진을 다시 보았는데, 그 목조각상이 말레 스티븐스의 안락의자와 라란의 탁자 사이에서 당당하게 위용을 뽐내고 있더라고. 당시 우리는 돈은 별로 없었지만 서로를 감싸줄 줄 알았지. 참, 이번 경매에서 겪은 곤란한 일에 대해 말하는 걸 잊었군. 중국 두상들[19] 때문이었어. 어느 유령 단체가 나를 고발했다가 기각된 일이 있었지. 살해 협박까지 있어서, 경찰이 경호원을 고용하라고 하더라. 그다지 즐거운 일은 아니었지. 두상들은 결국 낙찰되

---

18 아일랜드의 가구 디자이너 아일린 그레이(Eileen Gray, 1878~1976)가 디자인한 안락의자 〈용(Dragons)〉은 약 2190만 유로에 낙찰되며 당시 가구 경매사상 최고가를 경신했다.

19 아편전쟁 당시 프랑스군이 북경의 황실 정원에서 약탈해 간 것으로 알려진 십이지신상 중 쥐와 토끼 두상 두 점이 경매에 나오자 중국 정부가 경매 중지를 신청하고 반환을 요구했으나, 프랑스 법원은 이미 서류상 소유권이 인정된 개인 자산임을 이유로 기각했다. 이에 피에르 베르제는 "중국이 인권을 존중하고, 티베트의 독립과 달라이 라마를 받아들이겠다고 약속한다"는 조건하에 기꺼이 청동상을 돌려주겠다고 발언했다.

었어. 그런데 그들이 과연 돈을 지불할까? 두상들은 중국으로 가게 될까? 그건 별개의 문제겠지. 그에 대해 전혀 아는 바가 없고, 사실 난 아무래도 상관없어.

2009년 3월 2일

헤이, 네가 너무도 보고 싶어.

2009년 3월 5일

모로코에 대해 길게 쓸 생각이었는데, 흐지부지되
었군.

2009년 3월 13일

그랑 팔레에서 열릴 앤디 워홀[20]의 전시회에 문제가
좀 있었어. 일견식도 없는 큐레이터 하나가 네 초상
화들을 가리켜 '글래머'라는 섹션이 최적의 자리라고
하는 거야. 그랬다가는 네가 거리낌 없이 경멸하던
패션 디자이너 몇몇과 재회하게 되는 셈이었어. 예상
하겠지만, 나는 다른 자리를 찾지 않으면 네 초상화
를 빼겠다고 했어. 그래도 큐레이터가 전혀 들으려
하지 않기에 그림을 거둬버렸지. 그동안 우리는 다른
디자이너들, 네 말마따나 지리멸렬한 옷들과 뒤섞이
기를 거부해왔는데 말이야. 차라리 잘됐어. 앤디가 살
아 있었다면 박장대소했겠지.

앤디와 프레드, 제드와 함께 마라케시에서 보내
던 때 기억나? 마차 세 대를 빌려서 뮤지션들을 태우
고 메디나를 한 바퀴 돌던 밤 말이야. 마준[21]에 살짝

---

20 1968년 앤디 워홀과 만난 이브 생 로랑과 피에르 베르제는 이후 돈독한 관계를
유지했다. 1972년 워홀은 이브 생 로랑의 초상화 연작을 완성하였으며, 1986년에는
이브 생 로랑의 개 무지크의 초상화 연작을 발표했다.

취해 있던 너와 앤디의 모습이 생생해. 특히나 너는 늘 그렇듯 취해 있었지. 나는 우리가 그토록 즐겁고 무사태평한 시간을 보내는 것이 믿기지 않았고 말이야. 제드는 시대를 앞서간 인물이었어. 나는 그를 정말 좋아했지. 그가 뉴욕발 비행기 사고로 죽었을 때 얼마나 고통스러웠는지. 프레드는, 그는 달랐어. 속물에 세속적인 사람이었지. 다르 엘한치의 시절은 그랬어.

코니와 도미니크가 마르소 대로에 있는 네 스튜디오를 정리하기 시작했어. 여러 가지 것들을 찾아냈는데 데생이 아주 많더라. 어떤 것은 감탄스러울 정도로 아름다웠어. 정말이지 너의 재능이란!

어제는 베네르빌에 있는 러시아풍 별장[22]에 갔었어. 공사가 한창이더군. 세상을 벗어난 듯한 그곳을 너는 무척이나 좋아했지. 나 역시, 너를 떠올리게 하는 모든 것으로부터 도망치고 싶으면서도 그 별장과 특유의 분위기만큼은 지키고 싶더라고. 독특한 양식으로 지어진, 이른바 '미친' 분위기를 말이야. 공사는

---

21 모로코에서 유래한 오락성 마약의 일종으로 마리화나와 꿀을 섞어 만든다.

22 1983년 이브 생 로랑과 피에르 베르제는 노르망디 베네르빌에 위치한 가브리엘 성을 사들였는데, 이 성은 본래 가스통 갈리마르의 소유물로 마르셀 프루스트가 자주 오갔던 곳으로 알려져 있다. 프루스트의 광팬이었던 이브 생 로랑은 성을 사들이면서 모든 방에 그의 소설 『잃어버린 시간을 찾아서』 속 등장인물의 이름을 붙인 것으로 유명하다. 둘은 이후 가브리엘 성과 멀지 않은 곳에 러시아풍 별장을 지었다.

며칠 더 걸릴 거야. 정원도 공원도 없는 별장 외부에 매디슨이 근사한 작업을 해놨어. 시치미를 떼듯 은밀하게 말이지. 그곳에 자주 가게 될 것 같아. 두고 보자고.

2009년 3월 14일

카페 드 플로르에서 편지를 써. 반숙한 달걀 두 개와 녹차를 마신 참이야. 오늘은 인터뷰 때문에 그랑 팔레에 가야 해. 네 초상화들을 회수하기로 한 결정 때문에 소란스러워졌거든. 단순한, 아니 매우 아둔한 교수 하나가 워홀 전문가랍시고 내게 워홀리즘에 대한 강의를 했는데 우스꽝스럽기 그지없더군. 장 콕토의 말이 맞았어. 우리는 걸레고 그게 자랑스러우니, 스스로를 수건과 섞지 말자고. 애초에 전시회 측에서 우리에게 제안했던 섹션은 '예술가들'이었어. 봄이 천천히 모습을 드러내는군. 집은 여전히 공사 중이야. 솔직히 말하면 신경 쓰고 싶지 않아. 내일은 바빌론가의 아파트에 가서 네 친구들에게 네 이름으로 보낼 선물을 고를 생각이야. 네 흔적이 남은 그곳에 가는 게 쉬운 일은 아니지만. 아무튼, 무지크는 잘 지내. 필리프가 수의사를 찾았는데, 무지크한테 사료를 기본으로 닭과 채소를 제한한 식이를 권장하더라고. 내가 오래전부터 그렇게 하길 바라왔잖아. 아, 나의 딱한 이브, 너에게 말을 듣게 하는 것이 얼마나 힘들었는지, 너는 또 얼마나 고집을 부렸는지! 네 어머니와 전화 통화를 했어. 평온하게 지내시더군. 한번 뵈러 가 볼 참이야. 이만하면 화해할 때도 되었으니까. 어머니는 너와 아주 특별한 관계로 지냈다고 믿고 계신 것 같더라. 깨우지 말고 환상 속에서 여생을 보내시도록 놔둬야겠지. 진실은 그것을 아는 사람에게만 주어지고, 다른 사람들에겐 스스로 그것을 창조할 권리가 있는 법이니까.

2009년 3월 15일

끝내주는 날씨야. 주말이면 늘 우울해져. 우리가 다시 만난 날도 주말이었지. 예전엔 네게 꽃을 사주곤했는데, 어느 날인가 네가 꽃이 너무 많다고 했었지. 그 뒤론 꽃 사 가는 걸 관뒀고 말이야. 사람들 사이에선 칸 영화제 이야기가 한창이야. 1958년 칸 영화제 기억나? 베르나르가 심사위원이었는데, 네가 우리를, 정확히는 나를 보러 왔었지. 조심성이라곤 조금도 없이 말이야. 우리가 만난 지 얼마 되지 않았을 때였어. 우리는 영화를 보았지, 매번 나란히 앉아서. 너의 손은 늘 내 손 안에 있었고. 단둘이 있을 수 없어서 괴로웠지만, 그래도 행복했어. 그때의 모습이 사진으로 남아 있는 줄은 몰랐군. 너, 굉장히 말랐는데! 나도 마찬가지고. 나는 막 패혈증을 앓았을 때니까.

어제는 새봄의 첫날이었어. 이맘때 라란 부부가 자주 파티를 열었는데, 거의 매번 얼어 죽을 듯이 추웠지. 내일은 매디슨과 별장을 살피러 베네르빌에 가기로 했어. 별장을 둘러싼 2헥타르가량의 땅, 그걸 뭐라고 불러야 할지 모르겠군. 공원도 정원도 아닌데. 개간한 들판에 가까운 그 땅에는 사과나무가 심어져 있고 가장자리를 둘러싼 수국이 영불해협을 굽어보고 있지. 무엇이 됐든, 아름다워질 거야.

프랑수아 메이로니, 그리고 내가 좋아하는 야니크 에넬의 책을 읽고 있어. 에로티시즘, 육체, 섹슈얼리티란 무엇일까? 여기 적확한 문장이 있어. "이른바 성이라는 것을 민주화함으로써, 우리는 성애적 풍요로 향하는 문을 닫아버렸다." 나는 이 '성애적 풍요'라는 개념이 좋아. 에로스에서 육체를 분리한다는 점이 마음에 들거든. 이 책에서 인용된 들뢰즈의 문장도. "사랑이 두 사람의 관계 맺음일 뿐이라니, 이 얼마나 슬픈 발상인가." 이 이야기를 하는 건, 너와 내가 우리 자신을 해방으로 이끈 어떤 순간에 도달했다고 여겨서야. 다른 이유 없이 바로 그 때문에 나는 호모섹슈얼리티를 사랑하고, 진저리를 치면서도 나의 성향을 적극적으로 드러내지. 나는 그게 좋아. 왜냐하면 내 생각에 호모섹슈얼은 타자 안에서 자아를 모색하고, 자기 자신과 맞서고, 그러면서 때로 자기를 발견하는 것이니까. 『죽음에 이르는 병』에서 뒤라스가 도달한 지점은 틀렸어. 그 '융해'라는 개념이 나에겐 이상하게 느껴져. 마치 오비디우스가 쓴 나르시스와 에코에 관한 교훈적인 이야기 같잖아. 호모섹슈얼도 헤테로섹슈얼도 아닌 것은 존재하지 않아. 그저 사회적인 관계를 창조하고자 바라는 것이 무슨 의미가 있겠어? 사랑은 먼저 자기 자신에 대한 고찰에서 비롯되잖아. 슈티르너의 말도 이와 다르지 않았고, 그 점에서 헤겔에게서 비켜나 있지. 본질적으로 우리의 삶은 두 개의 평행선과 같았어. 그리고 너의 에고티즘은 너만의 유클리드공간 그 자체에 존재했기에, 너는 결코 나와 만날 수 없었던 거야. 두 개의 평행선과도 같은, 그러나 서로를 완성시킨 삶. 그렇게 우리는 혼재라는 함정으로부터 벗어났지. 이 얼마나 큰 행운이야!

캄캄하고 깊은 잠이

내 생에 내려오네

잠드시오, 모든 희망이여,

잠드시오, 모든 욕망이여!

베를렌

2009년 3월 25일

아무 일도 일어나지 않은 양 삶을 가장한 채 지내고 있어. 평생 그래왔듯이 너에게 전화를 걸어 말을 하고, 네가 조심스레 내 사무실 문을 열어 방해꾼이 없는지 확인한다고 생각하면서. 그러나 어쩔 도리 없이, 언제나 너의 부재에 부딪치게 돼. 그 부재가 언제 어디서나 나를 엄습해. 너는 어디에나 있고, 또 그대로 머물러 있지. 경매와 앤디 워홀 관련한 일들도 전혀 정리되질 않네. 내가 말하는 부재는 형이상학적인 부재라기보다는 물리적인 부재에 가까워. 현존하는 부재. 마치 모순어법 같군. 그러나 너는 나를 이해할 수 있겠지. 너무도 자주 삶에서 멀어지고 현실과 거리를 두었으니까. 그게 네게는 일종의 놀이가 아니었을까? 생각해볼 만한 문제야. 너는 세상을 똑바로 응시하고, 모든 것을 보고, 전부 이해하고 있었으면서도 그것을 컬렉션을 통해 증명해 보이는 일은 없었어. 늘 그 근시 안경 너머로 진실을 숨기고 있었지만, 우리

두 사람에게는 그것이 도리어 진실을 드러내는 비결

이었지.

2009년 3월 28일

어젠 플레옐에서 멋진 공연을 관람했어. 정명훈 음악 감독이 베를리오즈의 「환상 교향곡」을 지휘했지. 극도의 정확성은 감수성을 둔화시키지 않는다는 사실에 나는 늘 놀라곤 해. 불레즈나 카라얀, 클라이버, 푸르트뱅글러 등등이 그렇지. 그게 바로 예술가들의 특성일 거야. 오직 극단으로 몰아붙인 엄격성만이 가능케 하는 정점에의 도달. 그 순간을 아는 이들은 세상에 무척 드물지. 너는 그런 사람들 중 하나였어.

2009년 4월 6일

사흘 전부터 잘츠부르크에 와 있어. 네가 몹시도 사
랑했던 잘츠부르크 말이야. 요즘 만성 알레르기성비
염 때문에 잠드는 게 어려워. 이 도시의 모든 코르티
솔을 들이붓는 중이다. 걸작이라는 「지그프리드」마
저 놓쳐버렸어. 오늘 밤엔 몸을 질질 끌고서라도 가
볼 생각이야. 우리의 첫번째 잘츠부르크 여행 기억
나? 카라얀과 레온틴 프라이스의 「일 트로바토레」
는? 우리 둘 다 완벽히 반해버렸잖아. 손에 꼽을 정도
로 아름다웠지. 이곳을 얼마나 들락거렸는지! C를 데
리고 왔을 때가 떠오르는군. C가 음악을 영 싫어해
서, 하루빨리 파리로 돌아갈 구실을 마련하느라 전보
까지 보내오게 수를 썼잖아. 호텔 주인이던 발데르도
르프 백작 부인은 C가 길에서 사 온 아이스크림이 호
텔 바닥에 떨어질까 전전긍긍하면서 제발 밖에 나가
서 먹기를 기도했고 말이야. 네가 C를 믿으면 안 된
다고 했는데, 그 말이 맞았어. 그러고 보니, 네가 오스

트리아식 버클이 달린 신발을 구상한 것이 바로 이 도시에서였지. 로저 비비에가 아이디어를 가로채 먼저 그 신발을 만들었고. 참, 너를 사로잡았던 그 속옷 가게 기억나? 잘츠부르크는 정말 수많은 추억이 서려 있는 곳이야. 가장 먼저 음악. 우리는 부활절 바그너 페스티벌의 창립 멤버였으니까. 그리고 이곳의 친구들, 호숫가에서 한 점심 식사, 트뤼트 오 블뢰,[23] 타펠슈피츠,[24] 루이 2세의 성, 그리고 당연히 섹스. 물론 너는 몇 년 전부터는 이곳에 오려 하지 않았지만. 네가 어찌나 그리웠는지……!

---

23 채수에 익힌 송어 요리.

24 소의 볼깃살을 뿌리채소와 함께 삶은 오스트리아 요리.

2009년 4월 10일

마드리드다. 마라케시에 가기 전에 매디슨과 함께 들렀어. 내일은 세비야로, 그다음에는 코르도바와 그라나다에 갈 예정이야. 그런 뒤 지브롤터에서 하룻밤 묵고 모로코로 가는 거지. 어제는 프라도 미술관에서 한참을 보냈어. 너도 짐작하겠지만, 나는 모든 것을 보고 눈에 담았지. 매 순간이 매혹적이었어. 믿을 만한 누군가에 따르면 〈거인〉과 〈검은 회화〉는 고야의 그림이 아닐지도 모른다는군. 우리 소장품을 조사하러 온 전문가가 알려주었어. 아무튼 죽은 지 거의 200년이 지나서 그의 작품 하나하나가 재검토된다는 것이 근사하게 느껴져. 램브란트의 경우에도 같은 일이 있었잖아. 그의 모든 자료가 한차례 뒤집히면서 수집가들과 미술관이 타격을 입었지.

　이곳에 오기 전에 루브르에 들러서 우리 그림을 보고 왔어. 메트로폴리탄에 있는 것과 구분하느라 우리끼리 '작은 장미빛 아기'라고 불렀던 것 말이야. 프라도에서는 우리가 잘 모르고 있던 리베라의 그림을 보고 무척 놀랐어. 정확한 외눈을 가진 역사화가더군. 그런 의미에서 고야도 나쁘지 않지. 물론 내가 스페인의 왕족이라면 그의 그림 속 타락한 자의 일그러진 얼굴에서 자신을 발견하는 것이 썩 기분 좋진 않았겠지만 말이야. 우리는 여기서 관심이 가는 작은 재단 세 곳을 방문했는데, 훌륭한 곳도, 엉망인 곳도 있더라고. 고야의 그림과 우리 집에도 있었으면 싫었던 리모주산 도자기 그릇도 보았지. 특히 이름은 잊었지만 19세기 말, 20세기 초의 그림이 걸려 있던 작은 정원이 마음에 들더군. 탕헤르의 정원도 이와 같길 바랐는데. 도자기 타일로 만든 벤치, 비밀스러운 분수, 감춰진 포도 넝쿨 같은 것들 말이야.

2009년 4월 12일

세비야에 와 있어. 국립 오페라단 회장을 지낼 때 와 본 곳이야. 그때 무대 장식이 무너지는 일이 있었어.[25] 한 명이 죽고 수십 명이 다쳤지. 세간의 의혹과 슬픔에 고통 받았던 연주자들, 합창단원들, 음향 전문가들의 모습이 아직도 생생히 떠올라. 모든 것이 파괴되었던 그 끔찍한 여행의 기억에서 간신히 벗어날 수 있었지. 그리고 지금, 세비야에는 햇빛이 내리쬐고 있어. 자유롭게 웃고 떠드는 사람들로 가득한, 그야말로 남쪽 도시야. 성주간인데도 그다지 엄격함은 느껴지지 않는 것 같아. 식당에서는 새끼 돼지 요리를 먹었어. 너도 알다시피 이곳에서는 아랍의 영향을 어디서든 찾아볼 수 있으니까. 이런 순간이 특히 견디기 힘들어. 이곳에서, 너와 내가 그 무엇도 공유할 수 없다

---

25 1992년 7월 16일, 파리 오페라단원들이 세비야의 마에스트란차 극장에서 베르디의 「오셀로」를 공연하는 도중에 무대 장식이 무너져, 합창단원 한 명이 사망하고 40여 명이 부상을 입는 사고가 발생했다. 피에르 베르제를 비롯한 십여 명의 관계자가 이 사고의 책임자로 재판을 받았으며, 피에르 베르제는 2년 뒤 사임했다.

는 사실이 말이야. 때때로 후회스럽기도 해. 네 의견을 물을 게 아니라 강제로라도 너를 데리고 다녔어야 했는데. 언젠가 누가 너에게 어째서 더는 잘츠부르크에 가지 않는지 물은 적이 있었지. 너는 내가 보고 있는 앞에서 이렇게 대답했어. "왜냐면, 피에르가 데려가지 않으니까요." 정말 말도 안 되는 얘기였어. 종종 심술궂고 무신경한 그 대답에 대해 생각해보곤 해. 그리고 내가 은연중에 그것을 네 탓으로 돌리고 싶어했는지에 대해서도 자문해보지. 만약 내가 정말 그랬다면? 너에게 함께 잘츠부르크든 어디든 함께 가자고 요구했다면, 너는 어떻게 반응했을까? 불행히도 너는 거절했을 거야.

오늘 이른 아침, 잠이 덜 깬 채로 너를 떠올렸어. 도시는 이미 깨어났는지 노란 바퀴가 달린 초록 마차를 끄는 말들의 소리가 들려오더군. 정확히는 우리에 대해, 그리스로 떠났던 우리의 첫 여행에 대해 떠올렸어. 우리 둘 다 무척 젊었고. 그때 넌 머리카락을 탈색하고 싶어 했지. 그건 죽을 때까지 너를 따라다닌 수많은 기벽 중 하나였잖아. 우리는 꼭 맞는 탈색약을 샀어. 네가 바다에 뛰어드는 바람에 머리카락이 온통 녹색으로 변해버리기 전까지는 모든 게 순조로웠지. 너는 얼이 빠져서 불안해하기 시작했어. 그 날 프랑스 대사관에서 저녁 식사가 예정되어 있었으니까. 상황을 수습해야 했지. 다시 염색약을 사고 새로 샴푸를 했어. 결국 네 머리는 진한 밤색이 되었지만, 어쨌든 그 뒤로 머리카락에 관한 모험은 끝났지. 여행은 때때로 험난했어. 그렇게 오래된 일은 아닌데, 네가 시칠리아에 상을 받으러 갔을 때 말이야. 칠리다가 네게 수여한 황금장미상[26]이었지. 그곳을 떠날 무렵 네 한쪽 어깨는 부서져 있었고 이후에도 회복되지 않았어. 그리고 더 나중에, 낮은 돌계단 층계에 넘어져 나머지 한쪽 어깨마저 부서져 결국 죽을 때까지 장애로 남았지. 그 와중에도 네가 보여준 의지는 놀라운 것이었어. 팔레르모에서 팔에 부목을 댄 채 칠리다에 대한 근사한 연설을 했으니까. 그다음에야 너를 비행기에 태우고 미국인이 운영하는 병원에 데려가서 긴급 처치를 할 수 있었지. 맞아, 그랬어. 미국인 병원. 너는 그곳에서 몇 달을 보냈고, 이후 그곳은 네 남은 생을 의지할 피난처가 되었어. 네 암을 발견한 곳도

---

26 1984년 이탈리아에서 재정된 상으로 수상한 아티스트가 다른 아티스트에게 상을 수여한다. 2001년, 조각가 에두아르도 칠리다에게 상을 받은 이브 생 로랑은 2004년 데이비드 호크니에게 황금장미상을 수여했다. 2019년에는 매디슨 콕스가 수상한 바 있다.

그곳이었지. 내게 더는 희망이 없음을 알려준 곳도 그곳이었고.

난 네게 아랍의 영향력이 도처에 있다고 말하곤 했지. 그게 내가 세비야를 좋아하는 이유야. 아랍의 문화와 예술, 수 세기를 가로지르는 이 문명의 놀라운 힘. 물론 모로코에서도 확인할 수 있지만, 모로코의 것들은 아랍 문명이 스페인에서 꽃피웠던 모습의 모사품에 불과해. 모로코에 대해 말할 때, 나는 네가 충격받을 만한 이야기는 피하곤 했지. 너는 통찰력을 지녔지만 가족에 대해 냉정히 판단할 준비가 되어 있지 않은 것 같았거든. 문화가 결여된 사람들, 네가 열망하던 모든 것들과 거리가 먼 이들이라는 걸 알면서도 넌 가족에 대해서라면 입을 다물어버렸지. 식민주의는 비열한 짓이야. 앙드레 비올리가 쓴 『S.O.S. 인도차이나』라는 책을 읽고부터 난 줄곧 그렇게 생각해왔어. 알제리 전쟁은 추잡한 점령으로 끝을 맺었고, 너의 전쟁은 시작되었지.[27] 장폴 포레의 반복적인 설득에도 불구하고 나는 '121인 선언'[28]에 서명하지 않

---

27 1960년 알제리 전쟁에 징집된 이브 생 로랑은 정신적 충격으로 발드그라스 군병원으로 이송되었다. 이때 다량의 치료제를 투약한 영향으로 이후 술과 약물 의존에 시달렸다.

28 예술가와 지식인이 주축이 된 반식민지 투쟁의 일환으로, 알제리 전쟁에서 불복종의 권리를 내세운 선언문이다.

았어. 알다시피, 발드그라스에 있는 너를 매일 보러 가기 위해선 어쩔 수 없었지. 그게 늘 후회스러워. 요 컨대, 이 스페인 여행을 통해 내 구겨진 신념과 아랍 문명에 대한 존경이 불쑥 튀어나왔다는 얘기야. 그 후 가톨릭과 종교재판이 전 유럽을, 마치 뚜껑처럼 뒤덮어버렸지. 오랑을 생각하면 사람들이 메디나를 '검둥이 마을'이라고 부르던 것이 떠올라.

알카자르의 아름다움을 상상할 수 있겠어? 회 반죽 장식과 유약을 바른 타일의 조합, 모로코식 아 라베스크 문양의 거울로 이루어진 천장이 얼마나 정 묘한지. 정원도 제법 유명해. 안뜰에 분수와 수로가 이어져 있지. 모든 것이 매혹적이면서, 동시에 극도의 엄격성을 뽐내는 모습이야. 다시 한 번 네가 이곳에 있었다면 얼마나 좋았을지를 생각해. 그러나 내가 떠 올리는 것은 내 젊은 시절 속 이브야. 언제든 나설 준 비가 되어 있고, 유연하고, 지적이며, 빛나는, 모든 것 을 자유롭게 사랑하고, 언제나 기꺼이 감탄할 준비가 되어 있는 너. 능력을 채 다 펼치기도 전에 술과 약으 로 쇠잔해진 너나 늘상 툴툴대고 꽉 막힌, 기쁨도 욕 망도 소거된 비극적인 역할 뒤에 숨은 말년의 네가 아니라. 젊은 시절의 너와 닮은 구석이 조금도 없는,

그저 타인으로부터 스스로를 지키기 위한 갑옷에 불과한 그 존재가 나는 싫었어. 그러나 너를 사랑했기에 그를 받아들였지. 그리고 이번에도 마찬가지로, 네가 그 역할을 수행하도록 도왔어. 너의 변화를 조금도 막지 못한 채, 나는 내 감정을 다른 이들과 나누었고, 더는 흥미롭지 않은 삶에서 점차 멀어지는 너에게도 익숙해져갔어. 그렇다고 슬픔 없이 이 글을 쓰는 것은 아니야. 네가 큰 고통 속에 있다는 것을 늘 알고 있었으니까. 네가 그렇게 말했고, 나는 믿었지. 슬픔의 석양이 네 얼굴에 내려앉은 마지막 몇 해는 감당하기 어려웠지만, 그럼에도 나는 무엇이든 해야 했어. 그래서 모르는 체했지. 슬픔은 그 자리에, 매 순간 존재했고 사그라드는 법이 없었어. 그 우울. 너를 좀먹는 우울증은 너와 가깝게 지낸 이들에게까지 가 닿을 정도였지만, 그들은 저만치 떨어져 있었기에 너는 알아챌 수 없었지. 누군가는 넘치도록 노력을 기울이기도 했고, 누군가는 무슨 일이 되었든 네가 삶에 조금이라도 발을 붙이게끔 은밀히 유도하곤 했지. 하루하루 어리석기만 한 삶일지라도 말이야. 그나마도 너는 해내지 못했어. 대신 폭식증과 끔찍한 식탐으로 도망쳤지. 한때는, 문자 그대로 스스로의 육체를 자랑스러워하던 너였기에 넌 무너지는 네 몸을 증오하기 시작했어. "나 괴물이 된 것 같아." 내게 했던 그 말은 사실이었어. 네가 그토록 교묘히 즐기던 마조히즘이 자행한 복수였지. 수년에 걸쳐 너를 무너뜨린 것은 바로 그 마조히즘이었어. 처음에는 술과 약으로, 그다음엔 음식으로. 네 식탐의 많은 부분이 나를 공격하기 위한 것이었다는 거 알아. 마치 내게 이렇게 말하는 것 같았거든. "당신이 나를 발가벗기고 나에게서 술과 약을 빼앗아 갔으니, 나 자신에게 복수할 거야." 네가 몰랐던 것은, 그 첫 희생자가 다름 아닌 너였다는 사실이야. 너는 어린아이 같았어. 유치한 전략이었지. 나는 그런 너 역시 사랑했어.

2009년 4월 13일

오늘 아침 너를 떠올리며 이런 생각을 했어. 나는 네 옆에서, 너를 모든 것으로부터 보호하며 평생을 보냈구나. 너를 혼란스럽게 할 만한 것이라면 아무리 중대한 일이라도 말하지 않았지. 다들 감추기 바빴어. 누구도 이에 대해 말한 적은 없지만 회사에 있는 모두가 똑같이 행동했지. 가족들도 마찬가지였고. 우리가 마라케시에 있을 때 네 할머니가 돌아가셨는데도 네 어머니와 누이는 너에게 알리지 않길 바랐어. 결국 너는 파리로 돌아올 때까지 그 사실을 알지 못했지. 이런 종류의 일들이 수도 없이 많았어. 그 마지막은 네 죽음에 관한 것이었지. 너의 교모세포종에 대해, 나는 끝내 말하지 않았어. 말해야 했을까? 물론 내 대답은 '아니'야. 사업들은 이미 정리되었고 유언장도 공증인에게 맡겨져 있었지. 굳이 네게 알릴 필요가 없었어. 의사들 역시 내 의견에 동의했고. 네가 스스로의 병을 견딜 수 없으리라는 것을 그들도 알고 있었으니까. 그때의 네게는 용기도, 물리적인 에너지도 없었어. 너는 나나 필리프에게 그 어떤 질문도 하지 않았어. 그저 탕헤르에서 있었던 낙상 사고의 후유증으로 몸이 아픈 것이라고 마지막 순간까지 믿었지. 네가 얼마나 호되게 몸을 굴렀는지 얘기하지 않을 수가 없군. 너는 같은 돌계단에 세 번이나 반복해 떨어졌고, 매번 병원에 가서 여덟 바늘씩 꿰매고 돌아왔지. 내가 널 다시 보러 갔을 때 너를 찾은 곳 역시 병원이었어. 그러니, 그 모든 고통을 낙상 사고 탓으로 돌리는 건 어렵지 않았지. 그것이 의사들이 너에게 한 이야기이고, 내가 너에게 한 이야기이고, 네가 믿은 이야기였어. 네가 진짜 그 말을 믿었다고 나는 생각해. 왜냐하면 너는 내게 두려움과 불안감을 숨기지 않았을 테니까. 역설적이지. 너는 일요일 저녁 무렵 그냥 숨을 거뒀어. 그래, 나는 너를 너 자신에게서 보호했어. 너무 심했던 것일까? 어떤 사람들은 그렇다고 주장했고, 몇몇 친구들은 이해해주었어. 하지만 그들이 알고 있을까? 무엇을 알았을까? 알았다 한들 빙산의 일각일 뿐이야. 뉴욕의 피에르 호텔에서 네가 창문 밖으로 몸을 던지려 했다는 사실을 그들이 알까? 밖으로 빨려 나가려는 너를 필사적으로 붙잡았던 손을 내가 놓았어야 했을까? 안트베르펜에서는 어땠지? 어느 날 너는 경찰 수송차 바퀴 밑으로 뛰어들어 간신히 몸을 숨겼지. 재빨리 따라 들어간 경찰들이 너에게 실컷 욕을 퍼붓고는 내게 널 데려가 잘 보살피라고 훈계했던 것을 그들이 알까? 그런 일이 수도 없었어. 그래, 나도 알아. 그 역할이 내게 꼭 맞는 것이었다는 걸. 네 역할 역시 너와 아주 잘 어울렸어. 너는 죽음의 연인이 되고자 했지.

네가 죽은 지 1년이 되는 날 기념 미사를 열어야겠다는 생각을 했어. 작년의 기억이 떠올랐거든. 무척이나 많은 사람들이 대통령 경호 문제로 교회에 들어오지 못했는데, 기념 미사가 그들에게 고마움을 표현하는 방식이 되지 않을까 해서.

오늘 아침, 교회 안은 세비야 사람들로 가득 차 있어. 나는 너를 위해 초를 켰어. 이건 나만의 표현법인데, 너를 위해 기도할 땐 네가 되었다고 생각하고 말하는 거지. 왜냐하면, 너도 알다시피 나는 불가지론자니까. 교황의 행동 때문에 완전한 반교권주의자로 돌아선 나와 달리, 너는 너의 할머니와 컬렉션의 성공을 위해, 무지크를 위해, 너 자신을 위해, 그리고 아마도 나를 위해 초를 켜고 기도를 했지. 비록 그 행동이 나에겐 아무런 가치가 없었다 해도 말이야. 오래 전에, 나도 기도를 한 적이 있었어. 너에게 말은 안했지만.

2009년 4월 14일

세비야에서 톨레도로 가는 길 풍경이 무척 아름다웠어. 톨레도는 아랍과 유대인, 가톨릭교도가 공존하는 도시인데, 가톨릭교도들 말로는 자기네들이 모든 걸 보존했다고 하지만 사실은 모두 파괴해버렸지. 회교 사원 한가운데 교회와 성당을 세워서 아랍인들에게 모욕을 주는 방식으로 말이야.

수르바란은 스페인 회화계 전체를 광범위하게 지배하고 있어. 그가 자신의 주제와 거리를 두는 방식은 놀라울 정도지. 다른 화가들은 그와 그의 그림 둘 다에 공감했지만, 그 자신은 전혀 아니었어. 그의 붓은 저 혼자 캔버스 위에서 유려하게 뻗어나갈 뿐이야. 그의 마음이나 희망 따위는 전혀 그림에 작용하지 않는 것 같아. 그럼에도! 특유의 귀족적인 자제력은 심히 놀라워. 이 점에 대해 이야기할 만한 다른 화가는 떠오르지 않는군. 너도 그림을 무척이나 좋아했지만, 내가 보기엔 그림의 주제에 지나치게 얽매

여 있는 것 같았어. 너는 취리히의 경매에 나온 마티스의 〈선원〉을 사고 싶어 하지 않았지. 그 그림을 좋아하지 않았는데, 이유를 모르겠더라고. 그때 나는 네 말에 따르는 실수를 저질렀지. 그 그림을 놓친 것을 후회했고, 지금도 후회하고 있어. 이제 수집을 다시 시작하기엔 너무 늦었어. 내게 남은 날들이 많았다면 아마 한 점씩 다시 모으기 시작했을 텐데 안타까운 일이야. 작품에 대한 확신을 대체 어디서 얻는지 묻는다면, 나도 잘 모르겠어. 하지만 어떤 확신이 내 안에 닻을 내려. 나는 심지어 이 취향이 어디서 온 것인지도 모르겠어. 왜냐하면 나에게 영향을 끼친 사람이 없으니까. 내 가족은 그 어떤 장르의 예술에도 관심이 없었고, 알지도 못했어. 그저 흉측한 가구들, 탁자들, 물건들에 둘러싸여 지냈지. 결국 나는 책으로 도망쳤어. 미술관에 다닐 때도 별다른 대단한 것을 느끼지는 않았어. 무슨 일이 있었던 걸까? 아마도 베르나르 뷔페와의 만남이 결정적이었던 것 같아. 어떻게 말해야 할지 모르겠군. 아무튼, 어느 날, 신을 만난 것처럼, 낯선 언어로 말을 할 수 있게 된 것을 깨달은 사람처럼, 내가 알고 있다는 걸 알게 된 거지. 바로 그때 너를 만났고 말이야. 나는 늘 우리의 만남이 우연이 아니라고 생각해. 너는 내 말을 들었고, 모든 방면에서 나를 맹목적으로 신뢰했어. 또한 내 시각을 더 날카롭게 버리고, 내 취향을 예리하게 다듬고, 무엇보다 나 자신을 발견하게 해줬지. 오브제들, 특히 그림들 사이에서 나는 나 자신을 발견했으니까. 좀 이상한 일이긴 해. 나는 작가는 아니지만 책을 몇 권 썼고, 음악가는 아니지만 바이올린을 배워서 악보를 읽어낼 수도 있었지. 하지만 회화나 소묘를 배운 적은 전혀 없었거든. 그럼에도 나를 가장 감동시킨 것은, 또나에게 없어서는 안되는 것도, 내가 가장 잘 알고 나를 행복하게 하는 것도 바로 회화였어. 때때로 학교에서 예술사를 공부하지 않은 것이 후회가 돼. 그랬다면 뭔가 달라졌을까? 아마 그림을 더 좋아하거나덜 좋아하게 되지는 않았을 것 같아. 나는 언제나 교육적인 문화나 그 비슷한 것은 모두 싫어했으니 말이야. 무언가를 사랑하기 위해서는 우선 모두 잊어버려야 해. 그게 내가 끝없이 행한 일이었어.

2009년 4월 15일

그라나다에 도착했어. 춥고 형편없는 날씨야. 먹구름이 산과 뒤섞여 있어. 얼어붙을 듯 추웠던 마라케시에서의 부활절 기억나? 아주 오래 전 일인데, 친구들이 우리를 초대해놓고 이상하게도 자기들끼리 모로코 남부로 여행을 가버렸잖아. 우린 할 게 아무것도 없어서, 그저 사랑을 나누며 시간을 보냈지. 모로코 청년들은 얼마나 친절하고 아름다웠는지! 다들 근육질 몸으로 축구를 하고 있었잖아. 우리는 그들과 관계를 가졌어. 그들에겐 돈이나 저속한 다른 생각이 없었지. 우리가 늘 거절하던 관광 성매매 같은 게 아니었어. 우리는 빈곤과 불행을 이용해 득을 보던 사람들을 경멸했잖아. 때때로, 섹스를 마친 이후에, 어떤 청년들은 자신들의 나라와 종교, 문화에 대해 이야기했지. 모두들 모로코 사람임을 자랑스러워했어. 아랍인도 있었고, 눈꺼풀에 파스텔 칠을 한 베르베르 사람도 있었지. 제트기가 몰려들기 이전의 구식 모로코 시절이라 그들은 명품이 뭔지도 몰랐고, 심지어 너의 이름조차 몰랐어.

2009년 4월 16일

오늘 아침엔 알람브라와 헤네랄리페의 정원엘 갔어. 한 15년 전에 그곳을 방문한 적이 있는데, 모든 것이 내 기억 속의 모습 그대로더군. 감탄이 터져 나왔지. 저녁엔 지브롤터에 도착했어. 탕헤르에 집을 산 이후 우리는 늘 그 바위에 대해 알고 싶어 했잖아. 얼마나 기이한 장소인지! 언어와 통화를 포함한 모든 게 영국식인데, 또한 동시에 스페인식이지. 부동산 개발업자가 독점하기 전에는 분명히 무척 아름다웠을 거야. 『지브롤터 클로니클』이라는 지역 신문에 한 동성애자가 남편에 의해 살해당했다는 기사가 실렸더군. "남편에게 살해당하다." 스페인에서는 동성 결혼이 합법이지. 그래서 '남편'이나 '허즈번드'같은 단어들이 늘 나를 깜짝 놀라게 해. 남편들밖에 없는 거겠지? 한쪽만 있는 것이 내게는 좀 어색한데. 의미론의 미스터리야. 우리는 경쾌하고도 엄숙하게 시민 연대계약[29]을 했지. 이미 오랜 세월을 함께한 뒤였는데 그러한 것이 필요했을까? 그럼에도 며칠 뒤 네가 나에게, 시민 연대 계약을 한 것이 매우 기쁘지만 그렇다고 우리 사이에 변하는 건 없을 거라고 말했을 땐 무척 감동을 받았어. 실제로 아무것도 변한 것이 없기도 했고. 우리는 처음부터 동반자나 다름없었으니까. 우리가 처음 만났을 때 했던 일들이 바로 시민 연대 계약과 같은 것이었어. 마치 자신의 팔을 칼로 베어 피가 흐르게 한 뒤 상대의 피와 섞이도록 서로 팔을 비비는 낭만적인 소년들 같았지. 마르세유에서 오는 나를 기다리느라 오를리 공항에 나와 있던 네 모습이 다시 보이는 것 같아. 난 막 베르나르와 헤어진 참이었지. 너는 무척 마르고, 너무나 젊고, 아름답고, 수줍고, 빛이 났어. 내가, 그리고 우리가 옳았어. 생이 우리 앞에 펼쳐지고 있었잖아. 어떤 인생이 우리를 기다리고 있는지, 무엇이 될 것인지는 나도, 너도 알지 못했지만 말이야. 그럼에도 나는 우리가 함께하게 되리라고 확신했어. 이것이 그때 벌어진 일이야. 너의 신뢰가 날 얼마나 감동시켰는지는 아무리 말해도 충분치 않아. 너는 너 자신을 내게 맡겼어. 평생에 걸쳐

---

29 PACS. 1999년 동성 커플의 법적 결합을 인정하기 위해 도입되었다. 피에르 베르제는 법 도입을 위한 운동에 적극적으로 참여했으며, 법안 통과 직후 이브 생 로랑과 PACS에 서명했다.

네가 내게 보낸 신뢰를 얼마나 자주 체감했는지. 나에게 모든 결정을 맡긴 너는 어떤 계산이나 설명도 요구한 적이 없었지. 그 맹목적인 믿음이, 지금 글을 쓰는 이 순간까지도 나를 뒤흔들어. 그것은 누군가에게 줄 수 있는 가장 아름다운 사랑의 증명일 테지. 그리고, 그것이 어찌 되었든, 그 결합은 재고의 여지가 전혀 없었어.

스폰타니가의 첫 컬렉션 이전부터 내가 바라왔던 것이자 온전히 네 것이었던 그 영광. 나는 소망했고 너는 이뤘지. 우리는 서로의 역할을 헷갈린 적이 없었어. 탄약과 식량, 군대를 준비하는 것은 나였지만, 전투에 앞장서고 승리에서 다음 승리로 우리를 이끄는 제국의 진정한 장군은 바로 너라는 것을. 그래, 언제나 너였어. 전투에서 모든 힘을 쏟아부은 뒤 이마에 월계수 잎을 두르고 나타나는 것은 바로 너였지. 아, 그 영광의 순간들을 내가 얼마나 사랑했는지. 승리의 여신이 다가와 네게 세상을 보여주고, 누구라도 더는 너를 저버릴 수 없도록 팔을 쭉 뻗어 너를 흔드는 모습을 보는 게 얼마나 좋았던지. 대담함과 오만함의 시기였지. 이른바 젊음의 시절이었어. 리버풀에서 비틀즈가 왔고, 모스코바에서 누레예프가, 스위스에서 고다르가, 그리고 오랑에서는 네가 왔지. 우리는 돈이 없었고, 돈을 좋아하지도 않았어. 아예 돈이라는 것을 존중한 적이 없었지. 돈을 갖게 된 뒤에도 우린 아무것도 변하지 않았어. 돈에 관한 진실을 아는 사람은 너와 나 둘뿐이었지. 다른 많은 것들에 대해서도 그랬지만 말이야. 어렸을 때 내 어머니는 그런 말씀을 하셨어. 세상의 모든 황금도 개 한 마리의 목숨보다 무가치하다고. 나는 황금이나 개의 생명 모두 똑같이 대단한 것이 아니라고 생각하지만, 그럼에도 불구하고 그 말을 잊지 않았지. 물론 네가 개들에게 보여준 무절제하고 때때로 우스꽝스러운 사랑에 대해 이야기하려는 건 아니야. 아마 너라면 너의 개에게 세상의 모든 황금을 주고 싶어 했을걸.

2009년 4월 17일

마라케시에 도착했어. 마조렐 정원 이후 지난 몇 년 간 일을 도맡아준 매디슨의 작업에 다시 한 번 경탄 했어. 아름다운 데다 무엇보다 조화로워. 언젠가 네 가 난데없이 색을 칠해놓은 항아리들이 오솔길을 따 라 놓여 있어. 비할 바 없던 안달루시아식 정원을 보 고부터 우리 것은 좀 실망스러웠는데, 사실은 그렇지 않았던 거야. 물론 그 정원과 닮은 것은 아니지만, 양 쪽 모두 태양 아래에서 태어났고, 부겐빌리아와 아마 릴리스, 선인장을 품고 있다는 공통점이 있지.

2009년 4월 18일

이런저런 기획자들을 만나느라 하루를 보냈어. 그리고 이브 생 로랑 박물관의 리모델링 작업을 맡은 크리스토프 마르탱도 만났지. 훌륭한 프로젝트인데, 안타깝게도 몇 달간 박물관 문을 닫아야 한다더군. 하지만 상관없어. 올해는 8월 15일에 시작되는 라마단 기간을 고려해야 하거든. 몇 주간 모두 문을 닫을 거야. 우리가 이슬람 축제에 대해 아무것도 모르는 채 마라케시에 도착했을 때 기억나? 가정부인 마주바가 마중 나오지 않아서 당황했잖아. 그 이후로 그곳에서 지내며 몇 번의 라마단을 겪는 동안 이슬람의 관습에 대해 배웠지. 두 개의 안뜰에 수영장 대신 유약 칠한 타일로(풍부한 상상력과 함께) 꾸며진 못이 있는 그 집이 얼마나 예뻤는지. 그곳에서 우리는 무더위에 크게 고생하지 않고 몇 번의 8월을 보낼 수 있었어. 한낮에도 그럭저럭 불어오는 바람으로 쉬 잠들 수 있었지. 사랑도 나누고 말이야.

이브, 나의 이브, 파리에 도착한 이후로 편지를 쓰지
못했어. 마렐라 손녀의 결혼식 때문에 마라케시로 돌
아왔거든. 여기서 몇 주를 보낼 거야. 보나파르트가
의 아파트에서 가구들을 옮기기 시작했어. 그중 대다
수는 바빌론가의 아파트에 있던 것들이지. 네가 작은
거실에 놓도록 한 '샤넬 소파'랑 세누포의 새 목조각
상, 샹들리에, 식당에 둔 대리석 기둥들, 생루이섬에
서 구한 루이 14세의 원형 저부조 같은 것들 말이야.
17세기에 만들어진 베이지색 코로만델 병풍을 샀는
데, 소나무 아래서 쉬고 있는 노루와 암사슴의 모습
이 묘사되어 있어. 그리고 자크 그랑주의 조언 덕분
에 샤넬의 집에서 온 유리 테이블의 위치를 잡을 수
있었지. 우리가 수집한 키리코의 첫 회화 작품은 키
리코 위원회가 들고일어나는 바람에 팔 수 없었고.

　아, 서재에 있던 다섯 쌍의 스웨이드 커튼 중 두
쌍을 거실에 달았어. 무척 마음에 들어. 너도 분명 좋아할 거야. 내심 제라르 밀의 분위기를 내고 싶었는데, 자크의 도움으로 어느 정도 성공한 것 같아.

너와 함께 수집하며 그토록 오랜 시간 동안 알아온 작품들, 너를 추억할 물건들 사이에서 내가 얼마나 안심할 수 있는지 너는 상상도 못 할 거야. 생루이섬에서 찾은 크리스털 피라미드 두 점, 미시아 세르트의 것이었던 그 작품들 역시 이곳에 있어. 네가 그것들을 얼마나 사랑했는지 기억나?

서류를 정리하면서 너의 '특별한 여행' 전시회 날 네가 내게 쓴 편지를 다시 읽었어. 눈물을 흘리지 않고는 끝까지 읽기가 힘들더군. 너는 이따금씩 그런 식으로 사랑을 전하곤 했어. 편지 말미엔 이렇게 적혀 있었지. "언제나, 앞으로도 영원히, 너의 이브." 2006년, 네가 죽기 2년 전이었어. 그 편지는, 읽는 것이 거의 불가능한 순정의 극치야. 처음부터 우리는 그 만남이 영원이 되리라는 것을 알았잖아. 편지는 그에 관한 내용이었어. 너의 장례식 날 생로슈 성당에 울려 퍼지던 자크 브렐의 「오래된 연인들」의 가사 또한 같은 이야기를 담고 있지. 우리가 원했던 그것, 뇌우와 폭풍우를 지나면서도 단 한 번도 의심하지 않았던 '영원' 말이야. 단 한 번, 너도 알다시피 매디슨 때문에 너를 떠나려 한 일도 있었지만, 바로 그 영원 때문에 실행에 옮길 수 없었어. 너의 마지막 숨이 꺼지고 네 눈이 감길 때까지 그것이 나를 이끌었지. 아무리 값비싼 대가를 치르더라도 지킬 수 밖에 없었던 그 영원. 너와 더불어 매디슨은 내 삶에서 가장 중요한 존재로 남아 있어. 너의 상태가 악화되고 나 역시 견디기 어려운 지경에 이르렀을 때, 술과 마약이 너를 집어삼킨 그 시기에 매디슨이 나타났어. 중독 치료도, 의사도, 정신의학자도, 정신분석가도, 심지어 나조차 아무것도 할 수 없던 순간이었지. 그땐 나도 더 이상 뭘 짜낼 수도 없던 때라, 어떤 해명 없이 감추고 숨 쉬듯 거짓말을 했어. 네가 과연 다음 컬렉션을 치를 수 있을지 누구도 알지 못한 채 우리 모두 벼랑 끝에 내몰려 루머와 언론의 감시 속에 지내야 했지. 운이 좋아서 간신히 최악의 상황만은 모면할 수 있었던 바로 그때 매디슨이 나타났던 거야. 그 덕분에 아마도 내가 그 풍랑을 견딜 수 있었던 것 같아. 그는 내가 바라왔던 것을 가져다주었어. 젊음과 교양, 용기와 온전함, 사랑까지. 너는 그를 사랑했다가, 싫어했다가, 결국 다시 사랑하게 되었지. 너를 향한 그의 애정과 존경은 그가 어떤 사람인지, 또한 그가 어떤 자질을 지니고 있는지 증명해 보였어. 그렇게 세월이 흘렀지. 그가 다시 돌아왔을 때 너는 더는 그를 두려워하지 않았고, 그에게서 다른 누구도 줄 수 없는 무언가를 발견한 나를 이해해주었어. 그것은 질투에서 자유로운, 신뢰로 쌓아 올린 유일한 관계라는 것이었어. 네가 그걸 알아주어 고마워. 그렇게 전쟁 같던 시간이 지나고 평화가 도래했지.

2009년 4월 25일

마렐라 손녀의 결혼식은 무척 아름다웠어. 어제는 무아신 근방의 리아드에서 저녁을 먹었고, 오늘은 매디슨이 만든 고상한 정원이 있는 마라케시의 교회에서 미사 후 점심을 먹었지. 네가 있었다면 무척 좋아했을 텐데. 100명 남짓한 하객이 과실수 밑 잔디에 차려진 테이블에 둘러앉았어. 살구는 이미 큼직해지고 아몬드도 알알이 맺혔더라고. 마법 같은 곳이었어. 내가 아는 가장 아름다운 장소 중 하나야. 살구도 아몬드도 완전히 익지는 않았지만, 아마 오래지 않아 영글겠지. 너도 알다시피 이곳은 봄이 일찍 찾아오잖아. 나는 언제나처럼 이끌리듯 너의 기념비로 향했어. 혼자였지. 다가올 6월 1일의 기념일만 생각하면 심장이 죄어 오는 것 같아. 너는 8월 1일에 태어나 다른 달 1일에 떠났지. 그날, 나는 새벽녘 시끄럽게 울어대는 새소리에 일찍 잠에서 깨어났어. 그러곤 한밤중에 서로 대화를 나누듯 닭들이 울어대던 다르 엘한치를 떠올렸지. 멀구슬나무가 푸른 꽃을 흔들고 분수의 소음이 우리를 잠으로 이끌던 곳 말이야. 우리가 마조렐 정원을 발견한 것도 그 시절이었잖아. 매일 이곳을 방문하면서도 우리 것이 될 줄은 몰랐지. 아무도 없이, 신비함과 비밀스러움을 간직한 채 버려진 곳이었어. 밤이면 잦게 바람이 불어와 종려나무 사이로 휘파람을 불듯 소리를 내며 지나가고, 부겐빌리아 잎이 땅에 흩뿌려졌지. 그것 때문에 우리는 이 정원에 애착을 갖게 되었고 말이야. 나중에 부동산 개발업자가 허물려는 것을 막기 위해 이곳을 사들였지. 이제는 60만 명의 방문객이 매년 이곳을 찾아. 잘된 일이야.

"내 친구들은 무엇이 되었나? 바람이 그들을 빼앗아 간 듯한데." 뤼트뵈프의 시 기억나? 네가 얼마나 자주 외로움을 한탄했었는지는? 그러나 친구들을 앗아 간 것은 바람이 아니었어. 바로 너 자신이었지. 그들을 만나길 거부한 것도 너였고. 그럼에도, 네 말마따나 너는 그들을 사랑했어. 다만 볼 수 없었을 뿐. 지금 내가 말하는 이들, 나중에 이 글을 보게 될 사람들은 그런 너를 이해하겠지만, 대부분은 이러한 내막 따위 궁금해하지 않겠지. "불행의 극치는 무엇인가"라는 프루스트의 질문에 너는 "고독"이라 답했지. 그 고독이 너의 생 마지막 순간까지 무결하게 지조를 지키며 너와 함께할 때 네 영역은 점점 더 협소해지고, 공기는 희박해지며, 밤은 점점 더 일찍 찾아오게 되리라는 것을, 너는 알고 있었을까? 피란델로의 「엔리코 4세」에 등장하는 인물들처럼, 너를 둘러싼 사람들과 나는 처음부터 우리의 대본을 외워서 낭독하는 법을 배웠어. 너를 불행의 발톱으로부터 구해내리라는 희망이 그 유일한 보상이었고. 우리는 닫힌 커튼 너머, 힘없이, 마치 조난당해 해변으로 쓸려 내려온 사람처럼 기진맥진한 채 재회했어. 너는 언제나 조난자였지. 너를 구하러 갈 사람은 차츰 줄어들었어. 회사가 너의 유일한 구명 부표였지만, 그걸 잃은 뒤로는 누구에게 무엇을 의지해야 할지 알지 못했지. 네가 홀로 풍차와 싸우고 있을 때 내가 느낀 무력감과 고통을 상상할 수 있겠어? 네가 필리프를 만나고 그가 돌아가며 너의 곁을 지켜주게 된 것은 다행스러운 일이었어. 너는 더 이상 혼자가 아니었지. 여전히 걸핏하면 나를 불러대긴 했지만, 그래도 나는 불완전하게나마 마음을 놓을 수 있었어. 그게 우리의 법이었고, 계약이었지. 네가 나를 부르면, 나는 늘 달려갔어. 네 눈을 감겨줄 사람은 바로 나라고, 너는 거듭 말했어. 그 상투적인 표현을 너는 참 좋아했지. 그래, 내가 네 눈을 감겨주었어. 그땐 네 눈을 닫는 것이 그토록 어려운 일인지 몰랐어. 눈이 자꾸 다시 열렸거든. 결국 간호사가 네 두 눈 위에 거즈를 얹어주었지. 밤 11시 12분이었어.

오늘 아침 놀랍고도 흥분되는 소식 하나를 들었어. 『마담 보바리』의 원고[30]가 인터넷에 올라왔다는 거야. 내겐 인류가 달 위를 걷게 된 이후로 가장 충격적인 사건이야. 걸작 중의 걸작인 『마담 보바리』의 원고라니! 그가 남긴 취소선들과 수많은 수정 사항들, 거뭇한 흉터와도 같은 무수한 칼자국으로 뒤덮인 페이지들로 세상은 플로베르의 고난과 천재성을 다시 보게 될거야. 시계 제조공, 황소의 노동이나 다름없는 그의 작업은 전 세계 수많은 이들의 찬탄을 불러일으키고 또 수많은 해석을 낳겠지. 내가 너를 바라보며 미소짓고, 또 네가 이렇게 말하는 모습이 보이는 것 같아. "플로베르 좀 그만 읽어. 그러다 당신 미치광이가 되어버릴 거야." 미치광이, 그래, 찬탄 어린 광기지. 이미 내

---

30 1857년 출간된 귀스타브 플로베르의 장편소설 『마담 보바리』는 집필에 4년 반이 걸렸으며, 작품 개요만 42장에 초고가 1788매에 이르는 것으로 알려져 있다. 오랜 수정을 거쳐 소설은 490페이지로 완성되었다. 루앙 시립 도서관에서 보관중이던 『마담 보바리』의 육필 원고는 2009년, 10여 년의 노력 끝에 디지털화 되어 전문이 인터넷에 공개되었다.

서재에 있는 『감정 교육』의 초고[31]도 차마 떨려서 보지도 못할 정도인걸. 그런데 보바리라니! 이러한 격동을 목도할 수 있는 지금 이 시대에 살고 있는 것이 행복해. 나는 향수를 혐오하는 만큼이나 미래의 문을 여는 지금 이 시대를 사랑하지. 몇 시간이면 세계의 끝까지 갈 수 있을 정도로 세상이 좁아졌잖아. 어디에든 전화를 걸거나 이메일을 보낼 수 있고, 결코 만날 수 없는 층위의 문화가 함께할 수도 있지. 과학의 거보가 이룬 쾌거야. 언젠가는 이런 세계를 떠나야 한다는 게 슬퍼. 앞으로 벌어질 일들을 쭉 보고 싶은데 말이야.

너는 추억을 사랑했어. 기억이 너를 지켜준다고 믿었지. 그럼에도 너는 네게 가장 좋았던 시절이 아닌 동시대와 함께 호흡했지. 네가 기성복을 발명했다는 거 잊지 마. 무엇도 그와 같은 영원한 영광을 가져다주지는 못할 거야. 너 이전에는 기성복이 없었다니, 믿기 어려운 일이지. 그러나 사실이야. 너는 현대 여성의 복식을 창조했고, 세계 곳곳에서 그 영향력을 발휘했지. 바지를 입은 여성들은 마치 로마 군단 같았어. 뉴욕에서 있었던 일이 떠오르는군. 그때

---

31 피에르 베르제는 미술품뿐 아니라 악보를 비롯한 수많은 고서를 수집했으며 그 수집품 역시 '피에르 베르제의 서가'라는 이름으로 경매에 부쳐진 바 있다.

함께 있던 베티 때문에 점심도 먹지 못했잖아. 베티가 바지를 입었다는 이유로 모든 레스토랑에서 입장을 거절했으니 말이야. 네가 나보다 잘 알고 있을 다른 일들은 말할 것도 없겠지. 너는 스스로를 더 자랑스러워해도 돼. 샤넬이 나에게 자기 회사를 운영해달라고 제안했던 것 기억나? 요즘도 클로드 드레이와 그 이야기를 하곤 해. "생 로랑이 아주 잘되고 있는 건 사실이죠. 그렇다고 샤넬이라는 제국에 들어오는 걸 망설이진 말아요." 나는 단 1초도 망설이지 않았어. 샤넬에게는 그녀가 좋아할 만한 흰 꽃다발을 보냈지. 샤넬이 간과했던 것은 회사 너머에는 네가 있다는 것, 그리고 내가 그런 너를 사랑했다는 거야. 그럼에도 그녀는 너를 자신의 계승자로 묘사했어. 물론 너는 그렇게 되었고 말이야. "발렌시아가가 당신보다 낫다는 말은 하지 말아요! 아무튼 드레스 두드리는 방망이들은 이미 충분하니까." 샤넬에게 너는 어떤 부류였을까? 전혀 알 수 없지. 그 이후로 샤넬을 만난 적이 없거든. 왜냐하면 샤넬은 점점 더 심술궂어졌으니까. 그녀의 말을 거역할 수도, 그녀가 공격하는 친구들을 지켜줄 수도 없었지. 사실 가장 굴욕적인 사람은 바로 그녀 자신이었을 거야. 나는 샤넬을 진심으로 존경했어. 너는 그 뒤를 이었지만, 그보다 멀리 나아갔지. 사회적 영역에 다다르기 위해 미학의 영토를 벗어난 것이야말로 너의 가장 큰 공로라는 것을 너는 알고 있을까? 사람들이 이야기하듯 샤넬이 여성에게 자유를 주었다면, 너는 그들에게 권력을 되찾아주었어. 그들의 힘이 남성들에 의해 억눌려 있다는 사실을 너는 알았고, 그들에게 너의 옷을 입힘으로써 어깨에 힘을 얹어주었지. 이것이 네가 한 일이야. 르 스모킹, 사하라 스타일, 투피스 바지 정장, 카방 코트, 트렌치코트가 그 증거야. 그 한 벌 한 벌에 양성성을 향한 걸음이 깃들어 있었어. 그저 옷을 입고 외출하는 것만으로, 여성들은 자신들의 여성성을 발전시키는 한편 에로티즘이라는 걸림돌을 치워버렸지. 그러므로 이브, 너는 샤넬과 더불어 패션계의 유일무이한 천재였어. 나머지 위대한 디자이너들, 디오르나 발렌시아가, 스키아파렐리는 자신의 미학적 팡테옹에 버티고 서 있을 뿐 도약을 이루어내지 못했잖아. 네가 그랬지. 옷이 부유한 여성들의 전유물로 남게 된다면 패션은 지루해질 거라고. 결국 기성복을 발명해냈고 말이야. 그야말로 패션사의 혁명이었어. 브라보, 무슈 생 로랑.

2009년 5월 8일

파리로 돌아왔어. 더 일찍 편지를 쓰고 싶었는데, 모든 일이 내 생각과는 정반대로 돌아가더라고. 5월의 기념일[32]이야. 순전히 유럽의 구미에나 맞는 이 저속한 기념일을 언제까지 챙기게 될까? 마라케시에서 어떤 프랑스인이 나에게 이런 말을 하더군. 너와 내가 맺은 관계가 자신의 동성애적 성향을 받아들이고 스스로의 삶을 살도록 도와주었다는 거야. 물론 그런 얘길 한 사람이 그가 처음은 아니야. 이미 장폴 고티에도 내게 이야기한 적이 있지. 그런 말을 들을 때마다 기분이 좋아. 물론 너도 알다시피 나는 모든 집단주의에, 모두가 호모에 백정에 염색업자에 제빵업자로만 이루어진 마레 지구 같은 게토에는 반대하지만 말이야. 여성이 없는 그런 거리가 내겐 아주 기이하게 느껴져. 유대인들과만 살고자 하는 유대인들, 자기들끼리만 모여 살려는 아랍인들도 나에겐 똑같이

---

32 5월 8일은 제2차 세계대전 승전 기념일이다.

낯설기 그지없어. 그런 것이 인종주의나 호모포비아, 반유대주의와 맞서 싸우기 위한 길이라고 할 수는 없잖아. 아무튼, 내게는 그렇지 않아. 우리는 우리의 성 지향성을 결코 숨기지도, 그렇다고 전시하지도 않았지. 그에 대해 수치심도, 동조를 바라는 긍지도 느끼지 않아. 물론 '프라이드 퍼레이드'라는 것이 있고, 나도 그 이름에 담긴 의미가 무엇인지는 알고 있어. 성소수자로서의 권리 획득에 대한 긍지를 표현하는 거잖아. 그러나 모든 것을 한데 담으려 해선 안 돼. 만약 우리가 보편적인 삶을 살았다면 그것은 우리의 성적 지향성이 그러했기 때문일 테고, 그 또한 우리가 선택한 것은 아니었을 테니까. 동성애를 하나의 선택으로 말하는 것은 분개할 만한 일이야. 나는 내가 어떤 역할을 했는지 잘 알고 있어. 우리가 처음 만났을 때, 너는 스물한 살이었고 남자와 살아본 적이 없었지. 쉬운 일은 아니었지만, 나는 너에게 그러한 삶이 존재할 수 있고 그럴 때 필요한 건 솔직함뿐이라는 점을 보여주고 싶었어. 물론 사회적 이유에서, 혹은 가족이나 직업 때문에 숨어야만 하고, 숨겨야만 하는 사람들, 백일하에 모든 것을 드러내고 살 수 없는 사람들이 있지. 바로 그런 이들을 위해, 나는 성 소수자의 권리를 지키기 위한 싸움에 뛰어든 거야. 사실 우리 두 사람에겐 싸움이 필요하지 않았지. 운이 좋았어. 언젠가 내 어머니가 편지를 보내온 일이 있었는데, 내가 열여덟 살 되던 해, 라 로셸을 떠나 파리로 왔을 때였어. 그 편지는 잃어버리고 없지만, 내용은 기억하고 있어. 잡다한 소식들을 전하던 어머니는 이렇게 덧붙였지. "이제 너의 성 정체성에 대해 말하고 싶구나. 나에게는 별로 충격적인 일도 아니고, 내가 바라는 것은 그 무엇보다 너의 행복이라는 걸 너도 알고 있을 거야. 그러나 너의 교우 관계는 좀 걱정이 되는구나. 혹시라도 네가 속물근성이나 출세욕 때문에 동성애를 택한 거라면, 내가 실망하리라는 점을 알아두렴." 나는 속물도 출세 지상주의자도 아니야. 단지 나에게 주어진 길을, 그것이 어디로 향하는지도 모르는 채 따랐을 뿐이지. 그리고 어느 날, 그 길이 나를 너에게로 인도했던 거야.

2009년 5월 9일

지난밤엔 꿈을 꾸었어. 우리가 함께 마차를 타고 카니지산을 향해 가는 꿈이었지. 사실 너는 그곳에 몇 번 가보지도 않았는데 말이야. 오히려 그곳을 지루해했지. 천천히 이어지는 풍경이 정말 근사하다고 아무리 말해도 도무지 따라나서지 않았잖아. 나는 그 시절이, 그리고 말이 참 좋았는데 말이야. 훌륭한 기수가 되고 싶었던 적도 있었지. 대회에 참가해서 우승하고 싶은 마음이 왜 없었겠어? 오늘, 멍에를 메운 말 사진이 실린 신문을 보다가 문득 후회가 들더군. 차와 말을 모두 팔아버렸으니까. 독일인 선생에게 마치 운전을 배우듯 말을 배웠던 것이 떠오르더라고. 그가 리피잔종이나 바이에른주의 루이 2세의 말들에 대해서도 알려주었지. 승마 용품을 모두 구비할 정도로 내 승마 솜씨가 훌륭한 건 아니었지만, 말을 타고 걷거나 달리며 노르망디의 시골을 두루 돌아다니던 시간은 경이롭기만 했어. 이브, 꿈의 뒷부분은 기억이

안 나네. 그저 나란히 앉아 토크 계곡으로 향하는 길을 오르기만 했거든. 네가 노이슈반슈타인 성의 상점에서 시시 황후의 사진과 함께 산 백조 모양 도자기를 아직 간직하고 있어. 너는 마리로르 드 노아유에게 싸구려 상품과 기념엽서, 그리고 거장의 그림을 뒤섞어놓는 법을 배워 알고 있었지. 아무도 이해하지 못했지만. 어쨌든 경매가 있기 전 바빌론가의 아파트에 방문했던 사람들 대부분은 몰라보더라고. 너의 모든 감수성과 취향이 바로 이 값싼 도자기 모형에 담겨 있는데 말이야. 우리가 얼마나 많은 성들을 방문했는지 기억나? 매 순간이 마법 같았어. 모로코식 린데르호프 궁전, 노이슈반슈타인 예배당, 헤렌킴제 성의 거울 방, 우리는 그곳들을 속속들이 알고 있었어. 루이 2세의 삶과 죽음을 꿰고 있는 사람처럼 말이야. 우리가 얼마나 자주 「트리스탄과 이졸데」의 1865년 초연에 대해서 이야기했는지 기억해? 텅 빈 극장에 홀로 남겨진 왕, 브랑게네가 건넨 사랑의 묘약을 마신, 오누이처럼 죽어가는 두 사람, 그리고 카롤스펠트[33]에 대해.

---

33 Ludwig Schnorr von Carolsfeld(1836~1865). 독일의 테너 가수로 바그너의 오페라 「트리스탄과 이졸데」의 트리스탄 역을 맡았으나 단 네 차례의 공연을 치른 뒤 병으로 29세에 짧은 생을 마쳤다.

2009년 5월 10일

랭보의 문장, "펜을 쥔 손과 쟁기를 쥔 손의 값어치는
같다"[34]를 읽은 뒤 끄적여놓은 글을 찾았어. 편지를
대신해서 그걸 적을게. 결국 여전히 나 자신에 대한
이야기야.

수차례 내게 왔고, 그만큼 나를 피해 갔던 오래된 꿈.
모든 단어들이 적군처럼 줄지어 있다. 나는 수세에 몰
리면서도 차례차례 그것들을 무찔러야 한다. 이미 기
운 전세, 수많은 적에 대항하는 펜! 셀 수 없이 많은 적
들이 숨어서 급습할 태세를 갖추고 있다. 그들은 그 순
간만을 기다린다. 승리를 장담한다. 그들은 나를 노리
고 염탐하며 시간을 보낸다. 시간을, 나에겐 없는 바
로 그 시간을. 시간을 너무 많이 잃어 이제는 조금밖에
남아 있지 않기에, 나는 활약을 할 수도, 관대함을 보
일 수도, 낭비할 수도 없다. 나는 나 자신을 방어하고,

---

34 랭보의 시 「나쁜 피(Mauvais sang)」의 일부.

지키고, 동시에 전열을 가다듬어 공격을 준비해야 한다. 정면으로 돌진하기엔 위험이 너무 크다. 나는 투입할 부대도, 아무도 없이, 믿을 거라고는 경계심뿐이니까. 나는 저 적들을 안다. 오래전부터 우린 서로 냄새를 맡고, 엄폐하고, 가늠해왔다. 처음은 쉽다. 단어들은 의미하는 바 그대로이고, 저희들을 마음대로 다뤄도 된다는 듯 고분고분하게 원하는 순서대로 놓인다. 그러나 순식간에, 그것들은 이유를 물으려 하고, 반항하고, 모든 의미로부터 달아나고, 줄지어 있기를 거부하고, 철길을 눈앞에 둔 말처럼 굴복하거나 잠자코 있거나 그대로 굳어버리기를 그만둔다. 내가 무슨 말을 해야 하는지는 안다. 그러나 얼마나 자주 길을 되돌려야 했던가? 셀 수조차 없다. 꾀바른 사람들, 나는 그런 자들을 안다. 글쓰기의 경계를 정찰하면서 그런 치들을 충분히 보아왔다. 그들은 철길을 피하고, 새 동전처럼 광을 낸 단어들이라는 군수품을 소중하게, 그러면서도 우스워 보이지 않도록 넉넉히 챙겨, 적절한 빠르기의 말馬에 태워, 150페이지 가량의 분량을 관통해, 독자들이 기다리는 평화로운 마구간으로 데려다 놓는 것으로 막을 내린다. 나는 이런 종류의 산책을 높이 사지 않는다. 어린아이들이 즐길 법한, 확실히 건강에는 좋을 것들. 이 꾀바른 자들은 쿠투조프 장군의 주시 아래 베레지나 강물에 발이 동사할 위험도, 전방에 배치될 리도 없다. 그들은 따뜻한 피난처에 머문다. 진짜 전쟁은 없다. 그들은 승리도 실패도 없이, 딱히 절실할 것도 긴급할 것도 없이, 영화 막바지, 귀향을 기다리며 종이로 만든 모형 군인을 대면하는 기나긴 게릴라 부대의 행렬일 뿐이다.

어제 너에게 보낸 글은 분명 나와 관련된 내용이지
만, 동시에 창작과 얽힌 모든 이들에게 보내는 호소
이기도 해. 너는 다른 이들보다 잘 알고 있지. 창작은
먼저 자기 자신과의 싸움이고, 그다음은 본질과의, 그
리고 모두와의 싸움이야. 영감을 기다리는 평화로운
천재라는 것을 나는 믿지 않아. 진짜들은 순교자에
가깝지. 플로베르, 프루스트, 톨스토이, 조이스, 셀린,
주네. 몇몇 작가들만 언급했지만 다른 이들도 있어.
화가들, 음악가들, 철학자들, 드물게는 패션 디자이
너들. 패션은 예술이 아니라 하더라도, 나는 네가 바
로 이런 순교자의 삶을 살아왔다는 걸 증언할 수 있
어. 너의 삶 전체가 공포와 불안으로 점철되어 있었
음을, 보들레르에게 그랬듯 설령 그 혹독했던 몇 년
이 너의 창작에 있어서만큼은 가장 순조로운 시기였
다 해도 말이야. 어떻게 그 컬렉션을 잊을 수 있겠어.
「토스카」와 「트리스탄과 이졸데」의 전막을 풀어낸 컬

렉션을. 그야말로 미친, 숭고한 컬렉션이었지. 그해에
넌 값비싼 대가를 치러야 했지만, 고백하자면 나 역
시 마찬가지였어. 어느 날 바빌론가의 아파트를 떠날
결심으로 집을 나왔었어. 너는 나를 집에 남겨둔 채
혼자 스튜디오에서 지내고 싶어 했잖아. 거기서 잠을
자고, 아침까지 애인들을 불러들이고, 그러다 울면서
내게 전화를 걸어 스튜디오로 와 집으로 데려다달라
고 부탁하곤 했지. 그런 다음엔 악마들이 다시 찾아
왔고 말이야. 나는 호텔에 짐을 풀었어. 솔직히 그렇
게 먼 곳은 아니었어. 바빌론가 끝자락의 루테시아였
으니까. 그보다 더 너에게서 멀어질 수가 없었거든.
사실, 너도 알고 있었듯이 난 결코 너를 떠날 수가 없
었어. 나를 공포와 불안으로부터, 이 세계 끝에서 다
른 끝까지 우리를 연결해주던 전화기로부터 해방시
킬 수 있는 건 오직 너의 죽음뿐이었을 거야. 아마 나
자신의 신경증으로부터도 해방되었겠지. 그래서 지
금 평화롭냐고? 아니. 나는 너무도 오래된 이 습관에
길들어버렸어. 타고나길 참을성이 없던 내가 인내심
이라는 것을 배운 거지. 제임스 조이스가 『피네간의
경야』에서 이야기한 바로 그 인내심 말이야. "자, 인
내심. 인내심은 가장 위대한 것이고, 그 무엇보다 우

리는 인내심이 사라질 만한 혹은 사라진 듯 보이게 할 만한 모든 것들을 피해야 함을 명심하시오." 매일 매일 생각해. 네가 해 지는 광경을 좋아했던가? 내 정원의 보리수 위로 빗물이 떨어지는 모습을 좋아했던가? 부재한다는 것, 그건 나눌 수 없다는 뜻이겠지. 너는 이런저런 것들을 좋아했구나, 뒤늦게야 확신하곤 해. 예를 들어 「맥베스」가 그랬지. 잘츠부르크 공연에서 바위 틈에 끼인 그레이스 범브리와 디트리히 피셔를 보고 완전히 반해버린 너는 다른 날 오페라 바스티유에서 「맥베스」를 또 보았지. 공연을 보러 가기 전에 너는 계속 내게 물었어. "이건 나를 위한 작품 같지 않아?" 그래, 그 「맥베스」는 너를 위한 것이었어.

2009년 5월 15일

「맥베스」에 대해 이야기하고서 우리가 함께 본 뒤 기억에 남았던 오페라와 연극들을 모두 떠올려보았어. 그것들을 어떻게 잊을 수 있겠어? 피터 브룩의 「리어왕」, 그루버의 「파우스트」, 세로의 「톨러」와 「호프만 이야기」, 로버트 윌슨의 수많은 연극들, 스트렐러의 「세추안의 선인」과 「연극적 환상」, 하네케의 「돈 조반니」, 비테즈의 몰리에르 극들, 피터 셀러스의 「아시시의 성 프랑수아」, 브룩의 「벚꽃 동산」. 너무 오래 잊고 지냈군! 연극과 오페라는 우리 삶의 일부였지. 그것들 덕분에 우리의 인생은 풍요로웠어.

2009년 5월 16일

그림들은 다 나갔어. 보나파르트가에서 쓰던 가구와
오브제들을 다시 한 번 이용할 수 있겠지.

2009년 5월 17일

6월 1일이 다가올수록 점점 더 불안해져. 생로슈와 마라케시에서 미사가 있을 예정이거든. 내가 미사를 기획해야 하지만 나는 기독교도로 태어난 무신론자 잖아. 이 미사는 무엇보다도 너를 사랑한 사람들, 혹은 너를 잘 모르는 사람들을 한자리에서 만날 수 있는 기회일 텐데. 러시아의 피아니스트 마리아 유디나의 특출한 연주를 막 들은 참이야. 베토벤 피아노 소나타 32번. 리흐테르가 찬사를 보낸 것이 당연하게 느껴질 정도더라고. 2악장이 특히 인상적이지만, 사실 건반에 손을 댄 첫 순간부터 예상할 수 있었어. 유디나는 대가의 손놀림을 갖추고 있더군. 나에게 꿈이 있다면, 베토벤 피아노 소나타 32번으로 가득 찬 전용 아이팟을 갖는 거야. 물론 지금도 수많은 버전을 갖고 있긴 하지만 전부는 아니니까. 언젠가 컬렉션 무대에 이 음악을 쓴 적이 있었는데, 누가 연주한 것이었는지는 기억나지 않는군.

조금 전 라디오에서 마리아 칼라스의 노래가 나왔어.
자연스럽게 추억이라는 덫에 붙잡혀버렸지. 우리는
칼라스가 파리에서 공연한 「노르마」의 모든 회차를
보았어. 칼라스에게 휘파람을 불어대던 어떤 녀석을
네가 프로그램 북으로 때려버린 일도 있었지. 우리는
그녀와 저녁을 먹었어. 사강, 잔 모로, 아라공(로즈 멜
로즈 면전에 오렐리앙이 있었지)도 함께였고. 칼라스
가 네 치와와를 계속 끌어안으려 하자 녀석이 그녀의
손톱을 부러뜨려버렸잖아. 어느 날엔가 칼라스의 집
에서 그녀의 음반을 들었을 때가 떠올라. 언제나처럼
그녀는 우리에게 해적판을 틀어 주었지. 칼라스는 자
신의 노랫소리를 들으며 이따금씩 불만스러운 얼굴
로, 그러나 이내 긍정하듯 싱긋 웃어 보이며 이렇게
말했어. "이거, 나쁘지 않네." 「노르마」의 초연이 끝나
고 네가 그녀에게 썼던 편지 기억나? "마리아 칼라스
에게 보낸 연서." 그 편지의 첫 문장이 바로 그 말이

었어. 편지가 어디 있는지 모르겠는데, 되찾고 싶군.

우리는 아라공을 집으로 초대해 문화부 정무 차관인 미셸 기와 자리를 마련해주기도 했어. 정부에서 바렌 거리에 있는 아라공의 아파트를 차압하려고 했을 때 내 부탁으로 미셸 기가 그것을 막아주었지. 고마움을 표하자 미셸 기는 이렇게 얘기했어. "은혜를 입은 건 날세." 나는 그 말을 대통령이 작가의 지지자였기 때문에 가능했다는 뜻으로 받아들였어.

마리아 칼라스가 죽었을 때, 나는 아테네에 있었어. 그곳이 그녀의 고향이었으니까.『르 몽드』에서 그녀에 대한 기사를 실었지. 오나시스에게 실연한 슬픔에 칼라스가 죽게 되었다고 말이야. 사실 그녀는 아주 오래전, 무대를 떠난 그 순간 죽은 것이나 다름없었는데 말이야. 사람들은 너에 대해서도 비슷한 이야기를 하지. 릴케의 문장이 떠오르는군. "명성은 오해의 산물이다."

마라케시에 머물면서 어떻게 너에 대해 생각하지 않을 수 있을까? 네 일과 삶에 있어 그토록 소중했던 이 도시 곳곳에 너에 대한 기억이 달라붙어 떠나질 않는걸. 저기, 네가 언젠가 말했던, 너의 색감에 영감을 준 빛깔들이 보여. 너는 거리를 다니는 여자들의 옷차림에 마음을 빼앗겼지. 사프란색 안감이 드러나 보이는 녹색 카프탄, 칠흑 같은 술을 단 스카프 같은 것들 말이야. 하지만 이런 것들도 있었지. 능소화와 푸른 멀구슬나무, 붉은 히비스커스, 주황색 군자란, 진주모빛 수련. 이런 것들이 너를 행복하게 만들곤 했어. 우리가 가장 행복했던 시절이었지.

2009년 6월 1일

잠을 설쳤어. 임종을 맞은 너의 모습과 함께 선잠에서 깨어났지. 지금은 탕헤르에 있는데, 곧 돌아갈 거야. 오늘은 성신강림주의 월요일이라 너의 미사는 내일인 6월 2일로 미루기로 했어. 한 시간쯤 전에 너에 대해 생각하고 있는데, 마르크 암브뤼가 에리크 라미의 죽음을 알려 왔어. 리우데자네이루에서 출발한 파리행 비행기가 산산조각이 났다고 말이야. 나는 통곡할 수밖에. 더는 또 다른 6월 1일을 맞이하고 싶지 않았는데. 내가 너에게 그 두 청년을 소개했었잖아. 마라케시의 호텔에 묵고 있던 청년들과 함께 호텔 바에서 술을 한잔 했지. 나는 그들이 참 좋았어. 그리고 이제는 누구보다 마르크의 슬픔을 이해할 수 있어. 그는 에리크의 죽음을 오랫동안 데리고 다니겠지. 그의 삶은 녹록지 않아질 거야. 도둑맞은 죽음이나 다름없으니. 벌써 1년, 아니 겨우 1년이 지났군. 그에게 어떤 말을 해야 할지 모르겠어. 아마도, 네가 우리를 떠나긴 했지만 나를 떠난 것은 아니라는 걸 알고 있기 때문일 거야. 종종 나는 필리프와 피에르에게 네 이야기를 하곤 해. 다른 누구와 네 이야기를 할 수 있겠어? 아, 매디슨을 잊었군. 그는 모든 면에서 너를 잘 알고 온당한 이유로 너를 존경했던 사람이지. 나는 때때로 네가 나에게 꽃과 함께 보냈던 엽서나 편지를 다시 읽기도 해. 매번 느껴지는 고통도, 눈물도, 더는 겪고 싶지 않으면서도.

2009년 6월 2일

오늘 아침 생로슈에는 무척 많은 사람이 모였어. 아름다운 음악과 오케스트라, 잘 차려입은 가수들이 오직 모차르트만을 연주했지. 필리프는 시편을 읽었고, 나는 이들이 그토록 사랑한 누군가에게 헌사를 바쳤어. 밤에는 친구들과 저녁을 먹었어. 식사 분위기는 무척 좋았지만, 너도 알다시피 밝음은 슬픔의 반대가 아니니까. 228명의 목숨을 앗아 간 비행기 사고가 머릿속을 맴돌아. 에리크는 영리하고, 지적이고, 생기 있는 사람이었지. 괴롭군.

2009년 6월 4일

비행기 사고 희생자들이 노트르담 대성당에 모였어. 나는 마르크 옆에 앉았지. 우리 둘 모두에게 견디기 어려운 시간이었어. 불행에 무너지고 비탄에 빠진 가족들, 자식을 잃은 부모들, 아이를 데리고 온, 슬픔에 몸을 가누지 못하는 젊은 여자들.

교회 전체가 눈물에 잠겼어. 파리 대주교, 유대교 대제사장, 정통파 신부, 목사, 회교도 사제 등 전 교회가 참석해서 설교를 했어. 무신론자들은 자신들이 믿지도 않는 신의 말씀을 들어야만 했지. 프랑스 공화국의 대통령이자 세속 국가의 수장도 공식적으로 참석했어. 우리 시대에 좀처럼 찾아볼 수 없을 무언가가 그곳에 자리했지. 세속성은 사라지고, 신념과 무관한 부드러운 합의로 이루어진 며칠 간의 평화가 그 자리를 대신했어. 물론 지금 이 순간에도 이슬람교는 자유세계에 맞서고, 이스라엘은 팔레스타인을, 팔레스타인은 이스라엘을 적대시하고 있지만 말이야. 교권주의에 저항하던 나의 젊은 시절을 떠올릴 수밖에 없는 순간이었어. 이브, 너는 이 주제에 관심도 없고 이를 중요하게 여기지도 않는다는 거 알아. 이러한 질문들을 너는 단 한 번도 스스로에게 해본 적이 없지. 너는 그저 순진하고 맹목적인 신자일 뿐이었어. 네가 파스칼을 읽었다면, 네가 잃은 것은 아무것도 없다는 그의 말에 쉽게 설득되었을텐데, 안타깝군. "행동하지 않는 믿음을 진실한 믿음이라 할 수 있는가?" 믿음에 관해 라신은 통찰력 있는 말을 했지만, 너는 눈을 감는 쪽을 택했기에 그 진실이 너를 괴롭히진 못했지. 나는 모든 이유를 신에게서 구하는 파스칼과 함께할 수 없었어. 단지 그를 작가로서 좋아했을 뿐.

*

탕헤르에서 주말을 보낼 때면 너는 늘 필리프와 매디슨, 무지크 곁에 있었지. 나는 네가 다른 두 사람보다 무지크에게 더 많은 관심을 보이는 것이 늘 염려스러웠어. 아니, 아마 나까지 포함해 셋이겠군. 이브, 네가 개에게 몰두하는 만큼만 다른 사람들에게도 관심을 보였다면, 네 인생은 좀 달라졌을지도 몰라. 우리가 처음 만났을 때, 나는 타인에 대한 너의 무관심에 무척 놀랐어. 그것에 익숙해질 즈음에는 그저 네가 다른 사람과 함께할 수 없는, 일종의 장애를 지닌 것이라고 받아들였지. 너는 그저 타인들이 다가오도록 내버려두었을 뿐이잖아. 운 좋게도, 사람들은 너에게 호감을 보였어. 네가 지닌 아우라 덕분에 그들은 너를 있는 그대로의 모습으로 받아들이고, 너를 지키고, 너를 사랑했지. 네게는 언제나 너만의 아우라가 있었어. "피에르, 날 이브 옆에 앉히지 말아줘. 전하를 알현하는 것 같단 말이야." 언젠가 메티유 갈레가 했던 말이 떠오르는군. 너는 누군가를 편하게 해주려는 노력 따위 하지 않았지.

너를 가장 가깝게 느낄 수 있는 곳은 단연 모로코야. 네가 이 나라를 떠날 때 얼마나 슬퍼했는지가 떠올라. 파리에 도착하자마자 너는 방으로 뛰어 들어가 스스로를 유폐하고는 다시 찾아온 고독과 끔찍한 결혼식을 치렀어.

혁명은 총체적인 것이 되어야 한다고 클레망소가 말했지. 어떤 면에서는 내가 너와 행해온 일과도 일맥상통하는 말이야. 그것을 후회하지 않아. 한 사람

곁에서 50여 년을 머물렀다는 것은 굉장한 일이니까.

*

도교의 격언 중에 이런 말이 있더군. "바큇살 사이의 공간은 바퀴만큼이나 중요하다." 이것을 네 일에 빗대어 바꿔 말하면 이렇게 되겠지. "단추와 단추 사이의 공간은 단추만큼이나 중요하다." 나는 너를 이렇게 정의할 수 있을 것 같아. '1000분의 1밀리미터의 남자.' 네가 얼마나 분별력을 지녔는지. 그런 네 곁에서 나는 얼마나 많은 것을 배웠는지! 콕토가 이야기했던 명백한 사랑의 증거들은 오직 디테일 속에만 존재해. 보나파르트가의 아파트를 샀을 때, 넌 말했지. "모든 것을 함께 구입하자. 앞으로 계속." 나는 당황했어. 그리고 종종 그 제안을 받아들이지 않았던 걸 후회했지. 지금도 여전히 후회하는 중이고.

*

네가 야니크 에넬과 얀 카르스키의 책을 읽을 수 있다면 얼마나 좋을까. 자비에 드 메스트르의 책 『방에서의 여행』역시 다시 봐도 재미있어. 처음 그 책을 봤을 땐 정말 젊었지. 마코를랑의 『완벽한 여행가를 위한 핸드북』도 그즈음 알게 되었고 말이야. 아마도 그 책들 때문에 장기 여행은 떠날 엄두도 내지 못하게 된 것 같지만, 어차피 긴 여행은 못 갔을 거야. 너는 이 책들을 읽지 않았는데도 집을 벗어나길 거부했으니까. 우리는 모로코나 노르망디로 갔지. 거기선 우리 둘뿐이었고, 그래서 행복했어.

*

마이클 잭슨의 죽음으로 전 세계가 슬픔에 빠졌어. 그 감정을 이해해. 그의 음악은 수백만 청소년들을 위한 젊음의 음악이었으니까. 지금의 시대는 아주 매혹적이지. 다른 이들과 함께 이 시대를 향유할 만큼 젊지 않은 것이 아쉬워. 지금, 가장 중요한 위치를 점하고 있는 건 음악이야. 미국인과 유럽인, 아프리카인, 아시아인, 호주인까지, 너 나 할 것 없이 자신들의 문화 속에서 자신들이 사랑하는 음악을 즐기지. 이브, 1963년 런던에서 처음으로 비틀스의 음악을 들었던 때 기억나? 그것이 우리가 사랑했던 우리 세대의 음악이었지.

『방법 서설』의 초판본을 손에 넣게 되었어. 1637년 네덜란드 레이던에 있는 이안 메르 출판사(이곳의 모든 책이 훌륭해)에서 출판된 이 책이 내 손에 있다니! 이 책에 대해 말하자면 가히 혁명적이라고 표현할 수 있을 텐데, 모든 이들, 심지어 여성도 그 내용을 이해할 수 있게끔 데카르트가 라틴어에 대한 고집을 꺾고 프랑스어를 택했기 때문이지. 조아생 뒤 벨레가 그랬듯이 만약 데카르트가 로마로 갔다면, 아마 자신의 고향인 프랑스 쪽은 돌아보지도 않았을 거야. 그가 가톨릭교회와도, 동향의 학자들과도 멀리 떨어진 암스테르담[35]으로 피신했던 게 얼마나 다행인지.

*

마들렌 비오네[36]의 끝내주는 전시회에 다녀왔어. 너역시 늘 그녀를 좋아했지만, 다른 모든 사람들처럼

---

35 데카르트는 사상적 망명지로 암스테르담을 택해 그곳에서 지내며 『방법 서설』을 출간했다.

36 Madeleine Vionnet(1876~1975). 프랑스의 패션 디자이너로 '바이어스 재단의 장인'이라 불렸다. 여성의 몸에서 코르셋을 제거하고 신체 각 부위의 자연스러운 흐름과 의복의 조화를 중요하게 여겼다. 1920~30년대의 여성 복식에 혁신을 가져온 인물로 평가받는다.

그녀를 잘못 알고 있었지. 사진들, 특히나 요새 사진들로는 그 모습을 다 담지 못해. 얼마나 현대적이고, 얼마나 훌륭한 재단의 장인이었는지! 바이어스 재단을 이용한 그 유명한 네 장짜리 사각 천 드레스들. 유려하면서도 여성성이 드러나는, 그 똑 부러지게 만들어진 드레스들 모두를 너도 좋아했을 거야. 전시를 본 건 오늘 오후였는데, 그보다 앞서 아침에는 네가 했던 어떤 이야기가 불현듯 떠오르더라고. 패션의 팡테옹에, 샤넬과 스키아파렐리 그리고 비오네 사이에 너의 자리도 있으면 좋겠다고 늘 얘기했잖아. 그 바람은 실현되었지. 그런데 이런 우연에 마음이 동요되었어. 그러니까, 문득 네가 디오르나 발렌시아가를 예로 들지 않았다는 생각이 드는 거야. 너는 너 자신에게 진정으로 영감을 준 사람들만을 지목했지. 그리고 그들은 모두 여성이었어. 너는 발렌시아가를 좋아하지 않았어. 그의 디자인이 지루하다고, 특정한 옷, 이를테면 부유한 여성을 위한 옷만을 만든다는 점에서 너와 대치된다고 말했지. 디오르의 경우에는 늘 어려워했고 말이야. 네가 그에게 어마어마한 빚을 졌으니 그럴 수밖에. 그가 네게 모든 것을 가르쳤고, 너는 디오르의 계승자가 되었잖아. 물론 너는 그를 존경했고,

당연히 그럴 만해. 그는 훌륭한 드레스를 만들었으니까. 하지만 그가 패션계의 선봉장이었나? 불레즈는 슈베르트가 존재하지 않았더라도 음악사의 무엇도 변하지 않았을 거라고 말했지. 슈베르트의 자리에 디오르를 넣을 수는 있겠지만, 너나 불레즈에 대해서는 아니야.

*

이 책을 얼마나 오랜 시간 동안 끼고 살았는지 모르겠네. 토마스 세비지의 『개의 힘』 말이야. 정말 명작이야.

*

도지사 그리모가 죽었다는군. 68년 5월의 한 명이었지. 기억하는지 모르겠지만, 우리도 우연히 그 현장에 있었어. 화가 난 배우들이 오데옹 극장을 점령한 그 밤에 말이야. 폴 테일러의 발레 공연을 보려고 앉아 있다가 놀라서 밖으로 나오며 오데옹 극장으로 몰려든 수많은 사람들을 보았지. 그 광경이 아무래도 예사롭지 않아 보여, 난 엘렌과 킴과 함께 쿠폴에서 저녁을 먹고 너를 집에 데려다준 다음 다시 극장으로 돌아왔어. 이미 주사위는 던져져 있었지. 마들렌과 장루이가 무대 위에서 연설을 했고, 리빙 시어터의 줄리언 벡은 연극배우의 의무에 대해 이야기했어. 바티스트와 클레멘, 그리고 바지를 벗고 덤벼드는 이 과격파 무리 사이에 과연 어떤 공통점이 있었을까? 새벽 3시가 다 될 무렵 나는 장루이와 마들렌을 차로 데려다주었어. 그들은 사랑하는 이를 영원히 떠나는 사람처럼 그곳을 벗어났지. 뒤도 돌아보지 않더군. 사실상 오데옹 쪽으로 발도 들이밀지 못했다고 해야 할 거야. 어리석음이 맹위를 떨치고 있었어. 마라케시로 떠났을 때, 우리를 도망치게 한 것도 바로 그 어리석음이었지. 프랑수아즈 사강 덕분에 우리는 브뤼셀로 갈 기력을 되찾았고, 브뤼셀에서 사강은 뮌헨으로, 우리는 모로코로 향했어. 이 모든 게 그리모가 최악은 면했다는 말을 하기 위한 얘기야. 유혈 사태도 없었던 데다, 그 학생들은 집으로 돌아가 20년 뒤엔 보보스족이 되었으니 말이야. 그 모든 일에도 불구하고 나는 그들과 가까워져야 했지. 사르트르, 아라공, 미테랑이 자기들 나름껏 노력했지만 결국 헛고생이었을 뿐이야. 나는 자유가 무엇인지, 그리고 범속한 사람이 권력을 쥐었을 때 어떤 결과가 나오는지 알고 있었어. 그곳에 있던 대부분이 자신이 혁명가라고 생각하는 부르주아 청년들이었고, 세상을 변화시킬 수 있다고 믿었지. 그런 의미에서 이브, 너는 현명했어. 방에 체 게바라의 포스터를 붙여놓긴 했지만 보도블록 밑에서 해변을 찾으려 하진 않았으니까.

피에르는 어쩌고 있었을지 궁금하군.

"만약 다시 태어난다면, 나는 내가 살아온 그대로 다시 살고 싶다. 나는 과거를 불평하지도, 미래를 두려워하지도 않기 때문이다." 몽테뉴『수상록』의 글귀야. 여기에 덧붙일 말이 있을까? 전혀. 너에게 편지를 쓰는 내내 내가 하고 싶었던 말이 바로 저 문장이야. 다른 생각은 해본 적도 없어. 혹시 편지에서 너에 대한 비난을 느꼈다면, 그건 불평이 아닌 회한일 뿐이라는 걸 알아줘. 너의 기질이 행복을 방해했던 건 사실이지만, 너라고 어떻게 손쓸 방법이 있었을까? 너는 모든 요소들이 각각의 역할을 수행하는 하나의 시스템을 만들어냈고, 그 안에서 죽을 때까지 순교자의 역할을 맡았지. 그러나 네가 연기한 그 인물 이면에는 또 다른 누군가가 있었어. 내가 아는 누군가, 여러 사람들을 놀라게 한 누군가가. 네 마지막 몇 년을 지켜본 측근들은 널 무엇에든 한탄하고 불평하고 투정 부리는 사람으로 여겼지. 그럴 때마다 난 네 모습이 언제나 그랬던 건 아니었다는 사실을 그들이 알아줬으면 싶었어. 네가 술과 마약에 빠지고, 중독 치료를 받게 되면서부터 돌이킬 수 없게 되었던 거니까. 그때, 1990년 말, 너는 종교에 귀의하듯 병마에게로 걸어 들어갔어. 간호사와 의사들이, 그리고 처방전과 약물 중독이 그 뒤를 따랐지. 불행은 다른 불행으로 대체되었어. 너는 수많은 약과 함께 때 이른 왈츠를 추기 시작했어. 뉴욕에서는 우리가 '닥터 필굿Feelgood'이라 불렀던 로버트 프레이먼과 함께 암페타민 정맥주사를 찾아냈고, 그것은 오랜 시간 동안 너의 일상이 되었지. 가르슈에서의 치료 이후로 너는 술과 약을 끊었지만 더는 평화도 없었어. 너의 창조물에서도 그러한 변화가 감지되었지. 그럼에도, 너는 너만의 세계에 틀어박혀 고행을 통해 그 혼란의 밑바닥에서 헤어나올 만한 직업적인 탁월함을 지니고 있었어. 그렇게 가장 유명하고 존경받는 패션 디자이너가 되었지. 너 자신이 그토록 오만하게 길러낸 엄격성이라는 과실을 마침내 거두었던 거야. 하지만 해가 지나면서 시간은 네게 직업을 포기하게 하고, 너를 고독 속으로 도피하도록, 은둔하여 살도록, 불행과 가깝게 지내도록 만들었어.

너는 단검과 독 사이에 놓인 오페라 속 인물이었어. 너는 브루주아를 깔봤고, 네 작품을 제외한 무엇에도 배려가 없었지. 회개하지 않는 동성애자인 동시에 여성들을 사랑한 너, 이를 소리 높여 주장했던 너. 너는 다른 사람들처럼 여성을 이용하지 않았어. 도리어 그들을 위해 일했지. 너는 이 덧없는, 패션이라는 직무를 사회적 행위로 격상시켰어. 다만 그 일이 네게 행복을 주지 못한 것이 안타까울 뿐. 너는 네가 길들인 유령과 늘 함께였어. 네가 그토록 두려워한 고독이 너의 가장 충실한 동지였지.

무엇하러 이런 말을 하냐고? 왜냐하면 이것이 마지막 편지이기 때문이야. 이브, 더 오래 글쓰기를 이어갈 수도 있겠지만 그게 무슨 의미가 있을까? 나는 너에게 편지를 쓰면 고통이 누그러지거나, 적어도 멀어지기라도 하리라 믿었거든. 근본적으로, 이 편지에는 단 한 가지 목표가 있었지. 우리의 삶을 결산하는 것. 네가, 그리고 우리가 살아온 과정을 이 글을 읽을 사람들에게 들려주는 것. 요컨대 네게도 수없이 이야기했던 나의 추억에 불을 밝히는 것. 너와 함께서, 그리고 네가 있어서 내가 얼마나 행복했는지 보여주는 것. 그리고 바라건대, 이 글이 너의 재능,

너의 취향, 너의 명민함, 너의 다정함, 너의 부드러움, 너의 힘, 너의 용기, 너의 순수함, 너의 아름다움, 너의 시선, 너의 청렴함, 너의 정직성, 너의 고집과 욕구를 보여주기를. 너를 걸을 수 없게 했던 그 '거인의 날개'를.

스탕달이 『사랑에 대하여』에서 했던 말을 들어보려 했어. "할 수 있는 모든 노력을 기울여 건조해지고자 했다. 너무 많은 말을 하는 내 심장에 침묵을 강제하고 싶었다. 진실을 적었다고 생각할 때마다, 나는 한숨밖에 기록하지 못한 채 늘상 동요했다." 엘뤼아르가 누슈를 생각하며 그랬듯이 나는 눈에 보이는 모든 곳에, 주변의 모든 것들에 너의 이름을 써.

이것은 마지막 편지이지만 결별의 편지는 아니야. 어느 날 다시 너에게 글을 쓰게 될지 누가 알겠어? 우리는 헤어지지 않아. 무슨 일이 닥치더라도, 나는 너를 사랑하고 너를 생각하기를 멈추지 않아. 50년 동안 너는 나를 매혹적인 모험으로 데려갔지. 가장 광적인 이미지들이 서로 뒤섞이고, 현실은 거의 자리하지 않는 꿈속으로. 오늘, 나는 꿈에서 깨어났어. 생의 한 장이 끝났음을 너의 죽음이 알려준 거야. 살아 있는 동안, 너는 마법으로 나를 사로잡았지. 그런 다음 너는 벗어났어. 너의 모자로부터, 네 영감을 재단해 만든 드레스며, 인도와 중국에서 온 실크, 스쿠타리산産 벨벳과 셰에라자드의 자수로부터. 깜짝 놀라 휘둥그레진 내 눈 앞에서 너는 마치 무용 공연을 하듯 마법을 종결시켜버렸어. 그럼에도, 너에게 「벚꽃 동산」의 피르스가 했던 말을 들려주고 싶어. "인생이라, 삶은 지나갔네. 도무지 산 것 같지도 않은데." 오늘, 연극이 막을 내리고 조명은 꺼졌어. 서커스단의 천막은 해체되고, 나는 나의 모든 추억과 함께 홀로 남았지. 어둠이 내리고, 먼 곳에서 음악이 들려와. 그러나 그곳에 갈 힘이 없네.

피에르

P.S. 너의 1주기에 생로슈에서 낭독한 글이야. 너도 좋아할 것 같아 이곳에 남겨.

만일 한눈에 나를 찾지 못해도 그대,
용기를 잃지 마오.

만일 나 이곳에서 달아난다면,
다른 곳에서 나를 찾아주오.

나는 어딘가에 멈춰 서서
당신만을 기다리니.

지난해 카트린 드뇌브가 나의 부탁으로 낭독한
월트 휘트먼의 시입니다. 그 뒤로 줄곧 이 시가 머릿
속을 떠나지 않더군요. 시가 일러주는 대로 발밑을
살피고, 용기를 잃지 않고, 시선을 돌려도 보았지만,
어디에서도 내가 찾는 것을 발견할 수 없었습니다.
만약 그를 발견했다면, 나는 과연 그를 알아보았을까
요?

내가 아는 그와 여러분이 알고 있는 그. 우리는
같은 사람에 대해 이야기를 하고 있는 것일까요?

과거에 존재했던 사람, 어떤 면에서는 여전히
존재한다고도 할 수 있는 사람이지만, 그는 나나 다

른 이들, 그 누구의 사람도 아니었습니다. 물론 각각은 자기 나름의 방식으로 그를 받아들일 권리가 있고, 그 모두가 옳을 겁니다. 내가 이브에 대해 생각할 때, 그리고 여러분이 그에 대해 생각할 때, 그는 분명 같은 인물이며 동일한 남성이지만, 우리 개개인은 개별적인 관계로 만들어진 추억과 함께 기억을 간직하기 마련이지요. 이제 나는 이브의 삶이 계속된다는 것을 믿습니다. 그는 예술가이고, 예술가들의 시간은 다른 사람들의 시간과 다릅니다. 우리 곁에 있는 작품들을 통해 그들은 끝없이 다시 태어나지요.

이브의 삶은 지속됩니다. 나 역시 영혼의 힘을 믿습니다. 그것으로 후회가 옅어지고, 고통이 가벼워지기에 충분할까요? 분명 그건 아닐 겁니다. 밤이 평소보다 이르게 찾아오는 날들이 있다는 건 여러분도 잘 알 테니까요. 한 인물에 대해 생각한다는 것은 그의 삶 전체를 되짚어, 기록하고, 은밀한 것일지라도 그에 대해 말하고, 때때로 그것으로써 위안을 삼는 것을 의미합니다. "만일 나 이곳에서 달아난다면, 다른 곳에서 나를 찾아주오." 휘트먼의 말처럼 이브는 언제나 도망쳤고, 그에게 다른 곳이란 셀 수 없이 많았습니다. 그러니 우리는 우리 각각의 마음 깊은 곳에 숨어 있는 그의 내면을 들여다봐야 합니다. 만약 그를 발견하면, 그는 더이상 우리에게서 도망치지 않겠지요. 지난 1년 동안 나는 조각 난 기억들을 다시 이어 붙이며 그를 찾는 일만을 해왔습니다. 그의 뒤를 좇으며 의심을 확인하고, 후회와 자책이 뒤섞인 아슬아슬한 추격전을 벌이며 시간을 보냈습니다. 바보 같은 짓은 하지 말아야겠지요. 찾아야 할 것은 다름 아닌 우리의 내면이니까요. 그와의 평화에 대한 바람 말입니다. 죽음은 정답이 없는 수많은 질문을 던집니다. 그 질문에 답하기 위해서는 시간이 필요할 겁니다. 과연 내가 정확한 답을 찾아낼 수 있을까요? 글쎄요. 내가 아는 것은, 이제 내가 나 자신의 의문과 의구심을 지워버렸다는 사실입니다. 일련의 두려움이 지나자, 침묵의 시간이 찾아왔습니다. 이브를 생각할 때면, 근시의 수줍은 청년이 떠오릅니다. 그가 디오르에서의 첫 컬렉션을 끝낸 직후 나는 그를 만났습니다. 바로 그 청년이 내게 손을 내밀고 나를 이끌었지요. 나는 그 깨어질 것 같은 순간을, 아직 아무것도 모르는 그를, 자신이 승리했다는 사실도, 자신을 찾아낸 승리의 여신이 더는 자신을 놓아주지 않으리라는 것도, 자신이 스탈 부인이 이야기했던 "행복을 향한 눈부신 애도"의 순간에 있음을 눈치채지도 못한 그를 만난 순간을 생각합니다. 그는 스물한 살이었습니다. 행복을 향해 애도를 보내기에는 지나치게 젊은 나이였죠. 그럼에도 그는 일에 투신해 죽을 때까지 그 순간을 지켜냈습니다. 그의 작업이 순간의 덧없는 것이라는 사실은 그리 중요하지 않았습니다. 그는 단지 행할 뿐이었어요. 프루스트는 자신의 방에서, 플로베르는 크루아세에서, 자신들의 작품이 지닌 불멸성과 상관없이 오로지 집필에만 몰두했습니다. 중요한 건 오직 행동뿐이었지요. 죽어서도 여전히 빛을 내는 그 별들처럼, 이브 생 로랑은 우리를 밝혀주고 있습니다. 나는 경매를 통해 예술에 대한 그의 안목과 확고한 선택을 보여주고 싶었습니다. 그의 전시 또한 파리와 세계 곳곳에서 열릴 예정입니다. 비록 순간의 덧없는 것이라 할지라도, 그의 작품은 한 패션 디자이너의 작업을 훌쩍 뛰어넘어, 한 명의 대등한 예술가에 의해 창조된 작품으로, 여성을 변모시키기 위해 사회적 영역으로 침투하여 당대를 놀라게 한 작품으로 평가받을 것입니다. 물론 그의 작품을 가리켜 영원불변한 것이라 말할 수는 없겠지요. 그럼에도 그것은 여성의

삶을 바꾸었고, 그들을 위로했고, 그들의 권력을 공고
히 했으며, 그들로 하여금 스스로를 있는 그대로 받
아들이게 했습니다. 이렇게 그는 삶이 내민 계약서를
충실하게 이행했습니다.

오늘, 그에 대한 기억의 주변에 모여, 모두가 각
자의 방식으로 이브에 대해 생각합니다. 그 모두가
옳습니다. 나의 이브, 나는 그의 곁에서 50여 년을 살
았고, 1년 전 그의 눈을 감겨주었습니다. 그가 내게
보여준 신뢰가, 그가 자신의 운명을 완수하는 동안
곁에서 그를 도왔다는 사실이, 나는 자랑스럽습니다.
나는 그에게 단 한 번도 불가능에 대해 말하지 않았
습니다. 우리는 기적을 믿었고, 행동하기에 앞서 방해
물을 먼저 보는 이들의 말에는 귀 기울이지 않았습니
다. 방해물을 보지 않았기에 우리는 가장 말도 안 되
는 꿈을 실현할 수 있었죠. 우리는 진정 미치광이들
이었으니까요.

이제, 험난한 과정은 모두 끝났습니다. 내게 무
엇이 남았을까요? 추억? 물론 추억이 있죠. 그러나
나는 향수를 경멸하고, 그렇다고 새로운 일을 계획하

기엔 남은 날이 길지 않군요. 빅토르 위고의 시를 다시 읽으며 「잠든 보아즈」의 한 구절을 떠올려봅니다.

저는 늙고, 저는 혼자이며, 제 육신 위로 밤이 내리고,

그리고 주님, 목마른 소의 이마가 물 쪽으로 기울듯,

제 영혼은 무덤을 향해 기웁니다.

불멸의 연인으로 남은 남자

피에르 베르제는 우리에게 낯선 존재다. 프랑스의 유력 패션 사업가이자 국립 파리 오페라단의 수장, 예술가들의 광범위한 후원자이자 미술품 수집가, 프랑수아 미테랑 전 대통령의 최측근, 신문사『르 몽드』의 대주주, 소장품 경매를 통해 얻은 7000억 원에 이르는 수익금을 사회에 환원한 노블레스 오블리주의 실천가. 그가 지나온 삶의 궤적을 따라가다 보면 이처럼 그를 설명할 수 있는 다채로운 단어들과 마주친다. 그러나 곧 그 무엇보다 오랫동안 그의 이름 앞을 차지한 수식어는 다름 아닌 '패션 디자이너 이브 생 로랑의 동성 연인'이라는 것을 깨닫게 된다. 그리고 '이브 생 로랑'이라는 별처럼 빛나는 이름 뒤에서 실질적으로 회사를 경영하며 '안주인이자 황제'로 평생을 군림한 사람이라는 그에 대한 세간의 평가가 아주 틀린 말은 아니라는 사실도 알게 된다.

피에르 베르제는 프랑스 남서부 올레옹섬에서 태어났다. 그의 어머니는 몬테소리 교사였고 아버지는 재무 담당 공무원이었다. 아마추어 소프라노였던 어머니의 영향으로 바이올린을 배웠던 그는 음악과 친근한 유년을 보내는 동시에 찰스 디킨스의 소설을 읽으며 작가로서의 꿈을 키우게 된다. 그리고 열여덟 살이 되던 해, 그는 대입 시험을 포기하고 파리로 상경한다. 그때 피에르 베르제가 겪은 일은 꽤 인상 깊다. 파리에 도착한 날, 샹젤리제 거리를 걷던 그는 건물 창문에서 뛰어내려 간판에 대롱대롱 매달려 있다가 추락한 한 남자를 목격한다. 남자는 그의 발치로 떨어졌는데, 베르제는 다음 날 신문을 통해 남자의 정체가 시인 자크 프레베르라는 사실을 알게 된다. 유명한 작가가 되고 싶었던 피에르 베르제는 이것이 일종의 운명의 신호 같았다고 회상한다. 자신의 머리 위로 떨어진 시인. 그러나 이 신호는 조금 다른 방향으로 그의 삶에 구체화된다. 이후 프랑스의 언론인이자 예술가들의 후원자, 수집가였던 리샤르 아나크레옹이 운영하는 서점에 취직하게 된 피에르 베르제는 아나크레옹의 안목으로 선별된 책들로 꾸려진 '오리지널'이라는 이름의 서점 중개인으로 일하며 당대 유명한 예술가들과 친분을 맺고, 아나크레옹의 고서적과 예술품 수집에도 영향을 받는다. 그리고 스무 살이 되던 해, 피에르 베르제는 자신의 삶에 있어 첫번째 별이 될 남자인 화가 베르나르 뷔페를 만난다.

　내가 처음 피에르 베르제에 대해 알게 된 것은 그와 이브 생 로랑에 관한 다큐멘터리를 통해서였다. 그곳에서 피에르 베르제는 먼저 죽은 연인이자 사업 파트너를 추억하는 노신사인 동시에 목에 바늘 하나 들어가지 않을 정도로 딱 맞는 와이셔츠의 단추를 목 끝까지 채운 무장한 사업가였다. 그러한 그의 모습은 그다지 흥미롭지는 않았는데, 이후 인터넷에서 우연히 본 젊은 시절의 인터뷰 영상으로 그를 다시 보게 되었다. 영상 속에서 피에르 베르제는 '베르나르 뷔페는 누구인가?'라는 질문에 대한 답을 하고 있었다. 인상적인 것은 그의 자세였다. 파리 구상 회화의 왕자로 떠오른 젊은 베르나르 뷔페가 소파에 다리를 꼰 채 짐짓 무심하게 앉아 있던 반면, 피에르 베르제는 소파 뒤에 서서 등받이에 양쪽 팔꿈치를 얹고 몸을 지탱한 채 인터뷰를 하고 있었던 것이다. 그의 몸은 자신의 연인인 베르나르 뷔페의 가치와 의의에 대해 열변을 토하느라 점점 더 앞으로 기울었다. 자신이 소파에 매미처럼 매달려 있다는 사실을 전혀 깨닫지 못하는 것 같았고, 그런 것은 신경도 쓰지 않는 듯 보였다. 나는 우아하고 매력적인 화가보다도, 자신의 안목에 대한 확고한 믿음과 절대적인 애정에 몸을 던진 피에르 베르제에게 더 눈길이 갔다. 8년에 걸친 둘의 연애는 피에르 베르제가 스물일곱이 되던 1958년 봄, 그의 눈앞에 나타난 스물한 살의 이브 생 로랑이라는 존재로 인해 끝을 맺는다. 그 후 얻게 된 '이브 생 로랑의 연인'이라는 수식어를, 피에르 베르제는 죽을 때까지 지킨다.

『나의 이브 생 로랑에게』는 피에르 베르제가 이브 생 로랑의 장례식에서 낭독한 추도문으로 시작된다. 50년에 걸친 절절한 사랑과 존경을 담은 그의 편지는 6개월 뒤 크리스마스에 지극히 사적이고 내밀한 방식으로 다시 시작된다. 1년여간 이어진 편지로 그는 50년 동안 늘 함께해온 자신들의 삶을 복기한다. 이브 생 로랑과 함께 수집했으나 이제는 오롯이 자신에게 남겨진 수많은 예술 작품과 집을 처분하는 과정을 통해 그들이 이룬 것과 실패한 것을, 사랑의 눈부심과 지난한 고통의 시기를 담담히 드러낸다. 그 과정을 따라가다 보면, 마지막 순간에는 수많은 사회적 수식어를 떼어낸, 단지 오랜 연인을 잃은 뒤 빈집에 남은 한 남자를 발견하게 된다. 생에 대한 야망, 예술에의 순수한 경외심, 자신의 손에 쥔 별을 기필코 빛나게 하리라는 강렬한 의지의 시절을 뒤로하고 빈집에 자물쇠를 채우는 그를 통해, 나는 완결된 한 사랑의 모습을 본다. 그것은 결코 완벽하지도 온전하지도 않지만, 어쩐지 그래서 더 눈길이 간다. 그리고 영원히 누군가의 연인으로 기억되는 삶에, 오랫동안 생각이 머문다.

2021년 2월

김유진

| 참고 문헌 |

Béatrice Peyrani, *Pierre Bergé: Le faiseur d'étoiles*, Pygmalion, 2011.

www.museeyslparis.com